헛스윙

지치면 지고 미치면 이긴다

이희천 지음

NO PAIN NO GAIN

헛스윙

이희천 지음

만만해 보여야 휘두른다

대부분 크게 성공했거나 큰 업적을 남긴 사람들이 책을 낸다. 나는 성공한 사람도, 잘난 척하고 싶은 사람도 아니다. 수많은 시도와 수많은 실패를 겪고 올바른 길로 나아가며 진짜 성공의 길로 가고 있는 한 청년이다.

이미 위대해진 사람의 자서전보다 현재진행형인 사람의 스토리를 보면 훨씬 만만하지 않을까? 쉽게 따라 할 수 있지 않을까? 재벌

회장님의 한마디보다 더 자극이 오지 않을까? 이것이 내가 이 책을 쓴 이유다. 두려움이 가득한 20~40대들에게 이 책은 여태까지 없던 자극이 될 것이라 확신한다. 나는 성공을 쉽게 생각하는 어리석은 사람 중 한 명이었다. 세상을 쉽게 바라보고 무식하게 달려든 탓에 바닥에 고꾸라지는 일도 잦았고 그로 인해 깨달은 것도 많다. 이 책은 그 데이터를 바탕으로 내가 생각하는 성공과 무기력한 사람에게 필요한 동기 부여를 꾹꾹 눌러 담았다. 목차를 따라 차근차근 읽어 보면 당신은 전보다 다른 에너지로 삶을 대하게 될 것이다.

나는 2014년 작은 구멍가게에서 떡볶이 장사를 시작했다. 그전까지 어머니에게 "너 같은 놈이 무슨 장사냐", "정신 차려라" 같은 소리를 수없이 들었으며 장사를 떠나 애초에 가족에게 신뢰가 없던 애송이였다. 밖에서는 큰소리치고 다녔지만 정작 가족에게는 신뢰받지 못하는 바보였다는 말이다. 그러던 가족이 이제는 다들 내 자랑을 하고 다닌다. 이것도 하나의 작은 성공이 아닐까? 이런 말을 들을 수 있어야 진정한 성공이 시작될 수 있지 않을까? 성공 중에서도 만만한 성공을 먼저 해야 한다. 그래야 자신감이 생기고 도전 정신이 생긴다.

술을 마시고 야구 타격장을 가 본 적이 있는가? 잘 치는 사람이

혹시 많던가? 대부분 잘 치지 못한다. 술도 마셨고 대부분 평소에 야구 배트를 들어본 적이 없기 때문이다. 만약 평소에 야구 배트를 휘둘러 본 사람이라면? 그 사람은 술에 취했어도 잘 칠 가능성이 더 높지 않을까? 경험의 여부에 따라 타율에 큰 영향을 미칠 것이다. 그럼 이제 날아오는 야구공을 잘 치게 되었다고 가정해 보자. 그다음에는 어떤 욕심이 날까? 공을 더 멀리 치고 싶을 수도 있고 또는 좀 더 멋진 자세를 구사하고 싶을 수도 있고 정식 야구장에 가서 홈런을 쳐 보고 싶다는 생각이 들 수 있을 것이다. 그런데 스윙도 제대로 해 보지 않은 사람이 야구선수가 멋있어 보인다는 이유로 가벼운 야구 배트로 홈런을 치고 싶어 한다. 결과가 어떨까? 금방 포기하거나 좌절감만 느낄 것이다. 어쩌면 멋있게만 보이던 야구에 흥미를 잃을지도 모른다. 나는 강력하게 말하고 싶다. 인생 또한 마찬가지라고.

야구선수든 성공한 사업가든 우리는 그들의 좋은 모습만 바라보게 된다. 그 모습을 보고 따라 해도 성공 너머에 있는 '진짜 비법'은 알 수 없다. 위험한 건 겉모습이 진실이고 전부라고 믿는 것이다. 가장 중요한 본질을 잊은 채 말이다. 유명한 야구선수는 홈런을 많이 치기 위해 몇 번의 스윙 연습을 했을까? 그리고 몇 번의 헛스윙을 했을까? 성공한 사람의 시도를 스윙이라 가정했을 때 그들은 얼마나 많은 스윙을 했을까? 배트를 휘두룰 때마다 과연 성과가 나왔을까?

반응이 좋았을까? 자수성가한 사람들에게는 어떤 과정들이 있었을까? 그들이 시도(스윙)를 할 수 있는 원동력은 무엇이었을까? 겉치레보다는 이야기 너머에 있는 것들이 훨씬 중요하지 않을까? 우리가 매체를 통해서 보는 모습보다 말이다.

　세상은 결과가 중요하다고 하지만 우리가 성장하기 위해서는 반드시 과정을 알아야 한다. 그리고 그 과정을 우리가 직접 밟을 수 있어야 한다. 밟아야만 성장을 하고 많이 밟은 사람일수록 성장할 수밖에 없는 게 절대적 진리다. 더 쉽게 예를 들어 보겠다. 1층에서 40층까지 점프를 해서 올라가야 한다. 과연 40층까지 단숨에 점프해서 올라갈 수 있을까? 절대 불가능한 일이다. 그런데 현실에서는 40층에 있는 사람들만 보고 다들 계속 무의미한 점프를 하고 있다. 발목과 무릎만 상해서 2층에도 가지 못하는 사람도 수두룩하다. 1층에서 40층까지 가려면 2층부터 한 계단씩 점프해야 한다. 40층까지 가려면 체력도 있어야 한다. 점프의 횟수와 점프력이 점진적으로 늘어나야 하고 다리에 문제가 없는지에 대한 체크와 멘탈 체크도 해야 할 것이다. 그러면서 1층씩 올라가던 점프를 4층, 5층씩 나중에는 10층씩도 점프할 수 있는 것이다. 당연한 원리이지만 당연히 받아들여지지 않는 것이 요즘 사회다. 이것이 내가 이 책을 쓰는 이유다. 많은 미디어 매체들이 생기면서 초등학생조차 미디어의 주제를 주도적으로 선택할 수 있는 세상이다. 보고 싶은 대로 보고 믿고 싶은 대로 믿기에 너무나 적합한 현재, 대부분 사람이 빠른 것을 원하고 편한 것만 원한다. 그런 것을 원할수록 인생만 불행해진다. 인생만 더욱 가난해진다. 빠른 것을 원하고 편한 것을 원하는 것은 인간의 본능이 지만 현 사회에서 그것을 실제로 누릴 수 있는 사람은 극소수의 사람 뿐이다. 우린 그들처럼 되고 싶어 하지만 정작 그들이 밟았던 코스는 밟으려 하지 않는다. 그들을 부정적으로 생각하고 다른 묘수가 있었 겠지 배배 꼬면서 입으로 부정적인 말만 내뱉는다. 그리고 뒤에서는 부러워 미치려고 한다. 그런 사람을 '루저(Loser)'라고 하는 것이다.

누군가가 당신을 루저로 만든 것이 아니다. 당신이 선택한 것이 고 선택한 것을 믿고 살아가는 것뿐이다. 당신도 지금부터 다른 선택 을 통해 새로운 삶을 살 수 있다. 이 책을 끝까지 읽는다면 루저에서 벗어날 수 있고 앞으로 인생을 어떻게 살아가야 할지에 대한 답을 찾 을 수 있을 것이다. 그 누구보다 루저였던 내가 성공과 가까워지고 있으니 믿고 끝까지 읽는다고 나와 약속해줬으면 좋겠다. 이 책조차 끝까지 마무리 짓지 못한다면 평생 루저로 살기를 스스로 택하는 것 이다. 오늘부터 실패의 궤도에서 탈출하기로 마음먹고 나와 함께 여 정을 떠나 보길 바란다.

당신의 헛스윙을 응원하며.
이 희 천

CONTENTS

PART. 2
아직 지옥은 끝나지 않았다

PART. 3
당신이 놓치고 있는 것들

PART. 4
껍데기는 가고 알멩이만 남는다

PART. 5
인생에 물음표가 많은 사람들에게

PART. 6
인생을 윤택하게 만드는 법

에필로그

PART. 1

헛스윙을
두려워하는
인간

당신은 루저인가?
위너인가?

　　내가 루저와 위너를 정의하는 법은 조금 다르다. 루저와 위너를 정의하는 것은 바로 '인정'이다. 누군가가 나의 단점을 콕 집었을 때 인정할 수 있느냐 없느냐? 그리고 본인의 단점을 냉철하게 파악하고 알고 있느냐 없느냐의 차이다. 루저들은 모든 것을 부정한다. 루저들은 자신의 못남을 늘 숨긴다. 루저들은 불리한 상황이 오면 무조건 피하고 자기 자신을 속인다. 명백한 루저다.

그렇다면 위너는? 말할 필요도 없이 앞서 말한 루저의 정반대에 있는 사람을 생각하면 된다. 인정하고 피하지 않고 직시하는 것. 지금부터 냉철하게 생각해 보자, 둘 중 어느 사람이 미래 가치가 뛰어날까? 둘 중 어느 사람이 인정과 신뢰를 받을 수 있을까? 너무 뻔하지 않은가? 하지만 놀랍게도 대부분이 루저다. 대부분이 자신의 잘못을 부정하고 남들 앞에선 자신감 있는 척, 집에 오면 방구석 외톨이가 된다.

스스로의 단점을 알고 인정하고 개선하는 위너들도 겉과 속이 다를까? 그럴 확률이 굉장히 낮다. 물론 그들도 처음부터 인정하고 받아들였던 것은 아닐 것이다. 그래서 내가 '기술'이라고 표현하고 싶은 것이다. 기술을 배운다고 했을 때 처음부터 능숙하게 배우며 그 기술을 꾸준히 사용하는 사람이 있을까? 아마 없을 것이다. 최고의 기술을 터득하는 데에는 반복이 가장 필요한 요소다. 내가 직접 반복하며 터득한 기술이 바로 인정이다. 우리가 경험했던 것에서 비슷한 사례가 있으니 아래를 살펴보자.

학창 시절에 공부 잘하는 친구들의 공통점은 오답 노트를 작성했다는 것이다. 그들은 문제집을 풀고 틀린 문제를 살펴보며 틀린 이유와 어째서 정답인지를 완벽하게 이해하고 넘어간다. 또, 틀린 문제만 따로 모아놓고 시험 전에 그것만 따로 보는 친구들도 있다. 틀린 것을 인정하고 그 이유에 대해서 분석하고 다시는 같은 실수를 하지 않기 위함이다. 오답 노트를 하는 친구와 오답 노트를 하지 않는 친구의 성적 차이는 얼마나 날까? 정말 어마어마한 차이가 나지 않을까? 그런데 실제 학생 중에서 오답 노트를 하는 친구는 극소수이다.

이 사례는 내가 중학교 시절에 우등생 친구 옆에서 직접 배웠던 사실이다. 인생도 똑같다. 내 안의 오답들을 계속 찾아 나서야 한다. 남들이 말하는 내 단점은 필요 없다. 나는 내가 제일 잘 알고 있다. 나의 오답을 쭉 나열해 놓고 하나하나씩 복기하며 개선해 나가야 한다. 그것도 아주 천천히 꾸준히 말이다. 두려운가? 그럼 평생 루저로 사는 것이다. 계속 강조할 것이지만 모든 것은 당신이 선택하는 것이다.

또 다른 경우는 이렇다. 당신이 만약 다수가 있는 자리에서 웃기고 싶은 마음에 농담을 던졌는데 분위기가 싸늘해졌다고 가정해보자. 대부분 사람은 그 장면을 머리에서 삭제하고 싶을 것이다. 하지만 위너는 다르게 행동한다. 또 그런 상황이 오지 않게 하려면, 내가 그런 감정을 느끼지 않으려면 어떻게 해야 할까? 라는 식의 생각을 통해 앞으로 같은 상황이 반복되지 않게 노력한다. 준비가 돼 있으면 자신감이 생기지 않겠는가?

한때 나도 엄청난 루저였다. 내가 초등학교 4학년 때 우리 부모님은 이혼하셨다. 나에겐 4살 터울의 누나가 있었는데 누나는 우리 집의 최고 기대주였다. 나는 관심을 받지 못했다. 그러다 보니 자연스레 결핍이 생겼고 초등학생 때부터 사람들의 관심을 갈구하는 장난꾸러기가 되었다. 주의는 산만하고 입만 살아서 친구들에게 거짓말을 하며 관심을 갈구했던 그런 학생이었다. 하지만 지금 나는 정반대의 사람이 됐다. 한순간에 이렇게 된 것은 아니다. 스스로 결점을 인정했고 헛스윙도 수십 차례 했으며 부족한 나를 오랫동안 조금씩 채워 나갔다.

그 바보 같았던 나도 변했다. 그러니 당신도 변할 수 있다. 루저에서 위너로 말이다.

SWING POINT

B S O ● ● ●
● ● ●
● ● ●

"당신이 가장 크게 발전할 수 있는 도구는 '인정'이다.

스페인 철학자 발타사르 그라시안은 '자신의 결점을 깨닫고 고치려고 노력한다면, 그것은 자신의 장점을 더욱 빛내 주고, 인격을 함양하는 좋은 기회'라는 말을 남겼다. 결점을 계기로 삼아 나를 발견하고 발전하는 기회를 만들어 보자."

해 본 적 없으면
떠들지 말자

우리 주변을 한번 둘러보자. 평가하는 사람들이 정말 많다. 그런 데 평가하는 사람들 대부분은 직접 경험해 보지 않은 사람들이다. 다들 아는 척을 하지 않으면 알레르기라도 나는 것마냥 아는 척과 함께 타인을 재단하기 바쁘다. 더 재미있는 사실은 우리는 그들의 말에 많은 영향을 받고 있다는 거다. 그들이 의도한 것은 아니지만 우리는 주변 사람들 한마디 한마디에 엄청난 영향을 받는 나약한 동물이다.

대부분 행동보다는 말이 앞서는 사람들 사이에서 자라났다. 누군가를 비난하는 것이 아니다. 이 사실을 인정하면 길이 보인다는 뜻이다. 혹시 그 속에서 성공하기 위해 피나는 노력을 해본 적이 있는가? 거두절미하고 직접 해보거나 경험해 본 사람의 말을 들어야 한다. 그런데 우리는 자신이 나서서 하는 것을 꺼리고 남의 경험을 쉽게 사려고 한다. 그래서 인생이 잘못된 방향으로 흘러가는 것이다. 어중이떠중이처럼 중심을 잡지 못해 헤매지 말고 제발 해 본 적 있는 사람의 말만 듣거나 본인이 직접 경험해 보기를 바란다.

또 주의할 점은 해본 적 있는 사람의 말을 듣더라도 그 사람이 현재도 어떤 목표를 쫓으며 지속적으로 발전하고 있는 사람이어야 한다는 거다. 인생에 있어 늘 우위를 점하는 사람은 경험이 많은 사람이다. 통찰이 있어야 모든 것을 꿰뚫어 보고 우위를 점할 수 있는데 그 통찰이 경험으로부터 오기 때문이다. 통찰이 쌓이면 남들에게 의미 없는 질문을 하지 않으며 본인에게 본질적인 질문을 더 많이 하게 된다. 이게 진정한 성공으로 향하는 과정이라 생각한다. 누구나 이런 존재가 될 수 있다. 남의 취향에 휘둘리지 않고 나의 확고한 취향을 알며 장단점을 인정하면 무엇이 나에게 필요한지 알기에 자연스레 발전을 할 수 있게 된다. 그러기 위해서는 무조건 움직이고 행동해야 한다.

제일 조심해야 할 점은 생각만 하는 것이다. 생각이 많은 사람은 늘 지게 되어있다. 어떤 사람들이 늘 이기는지 아는가? 생각을 많이 하되 그 생각들을 정리하고 움직이는 사람이다.

"나 요즘 생각이 많아."

이게 자랑이 아니다. 생각이 많을 때는 그 생각에 잠기지 말고 그 생각을 풀어내야 한다. 내가 항상 걷고 뛰는 것도 그런 이유에 있다. 걷고 뛰다 보면 엉킨 생각들이 어느 순간 정리가 되어 있다. 움직이고 경험하고 생각을 정리하고 다시 움직이자. 아무것도 하지 않으면 아무 일도 일어나지 않는다.

SWING POINT

"영국의 낭만주의 시인 존 키츠는 '경험하여 알기 전에는 그 무엇도 진짜가 아니다.'라는 말을 남겼다.

한 번도 해 본 경험이 없는 사람의 말에 휘둘리지 말자. 수영을 해 본 적 없는 사람에게 수영을 배우는 미친놈이 없는 것처럼 말이다."

사업하면서 좌절에 빠졌을 때

　내 사업 시작은 2014년에 시작한 작은 떡볶이 집이었다. 나를 포함한 총 3명에서 시작한 동업이었다. 이들은 나와 가장 가까운 친구들이었으며 동업이 깨질 상상은 단 한 번도 해본 적이 없었다. 하지만 창업 1년 6개월 만에 모든 게 깨지게 된다. 그때가 내 사업 인생에 첫 위기이자 깊은 좌절을 느낀 때였다. 좋게 끝난 상황은 아니었기에 모든 것이 충격과 상처들이었고 두 달 가까이 문을 닫은 상태에서 어떻게 다시 운영해야 할지 도무지 종잡을 수 없었다. 그때 2주

가까이 아무것도 하지 않고 누워있었다. 가게를 다시 운영할 생각도 하지 않았고 정말 생각 없이 잠만 자고 허송세월을 보냈다.

몸에 상처가 나면 자연스레 아무는 것이 이치이듯 내 정신도 시간이 지날수록 이성적인 생각을 할 수 있는 상태가 되었다. 어느 날엔 '여기서 그만두면 어떻게 될까?'를 떠올려 봤는데 1년 반 동안의 노력과 과정들이 너무 아까워 그만두는 것보다 다시 시작하는 것이 더 이득이라는 생각이 들었다. 그래서 다시 팀을 꾸리고 밑바닥에서부터 차근차근 시작해 나갔다.

2016년 가을. 나는 다시 장사를 시작하게 되었고 2018년도에 프랜차이즈 사업에 도전하게 되었다. 우여곡절이 많았지만 절대 포기하지 않았고 어느 정도 자리를 잡았을 때 위기 속에서 마음만 먹으면 뭐든 극복할 수 있다는 자신감과 그로부터 성장했다는 사실을 깨달았다.

하지만 인생은 녹록지 않다. 두 번째 위기는 2018년 지점들이 기대와는 다르게 더 빨리 늘어나기 시작했을 때다. 내가 능력이 되지 않는데 그 이상의 것들이 오기 시작하니 나는 자만과 오만의 늪에 빠질 수밖에 없었다. 나름 회사의 틀을 갖추고 있었지만, 배보다 배꼽이 더 큰 상황에 회사는 점점 엉망이 되어 가고 있었다. 사실 망한 회사였다. 다만, 내가 포기하지 않았을 뿐이다. 장사도 잘하고 프랜차이즈도 잘 성장하고 있었는데 상황이 왜 점점 안 좋아지고 있을까에 대해 생각해 보니 모든 이유가 나 때문이라는 것을 깨닫게 되었다. 그때부터 내 인생은 크게 변하기 시작했다. 장사란 무엇이고, 사업이 무엇인지에 대해 깊이 있게 생각하기 시작했고 내가 부족한 것을 스스로 인정하니 나에겐 공부하고 배우며 발전하는 일밖에 남지 않았다. 이 시기가 2020년 말이었다. 책을 읽기 시작하고 올바른 프랜차이즈가 무엇인지에 대해 고찰하며 건강한 생활 습관을 만드니 작은 시련은 쉽게 넘어갈 수 있었고 불확실한 미래를 바라보는 현명한 시야가 생겨 우리 회사는 다시 안정된 성장을 맞이할 수 있었다.

세 번째 위기는 2022년이다. 내 인생 가장 큰 위기였다. 올바른 경영과 철학을 겸비하고 바른 생활 습관을 갖추었지만 빠른 성장을 위해서는 막대한 돈이 필요했다. 이 시기는 내 인생 중 가장 돈을 많이 빌려 본 때다. 앞으로 어떤 일이 벌어질지는 모르지만 내 인생 중 가장 처절하고 비참했던 시기였다. 무릎까지 꿇으면서 돈을 빌리려 다녔으니 말이다. 내가 이렇게 행동할 수 있었던 이유는 내가 멈추면 성장도 멈추는 것을 알았기 때문이다. 이겨 내지 못하면 바로 실패로 직결되는 것을 알았기 때문이다.

좌절을 느낄 때, 더는 나아갈 힘이 없을 때는 일단 쉬는 것을 추천한다. 그럼 다시 나아갈 힘이 생긴다. 전력 질주하다가도 잠깐 쉬면 다시 힘이 생기기 마련이니 말이다. 이 과정을 지속 반복해야 한다. 회복 탄력성이라고 들어본 적 있나, 이 탄력성은 지금 우리에게 가장 필요한 능력이다. 어렵지 않다. 누구나 기를 수 있다. 다만 전제로 가져야 하는 마음가짐이 있다. 위기와 좌절은 성장의 기회라는 신념을 꼭 가지고 있어야 한다.

회복 탄력성과 유연한 사고를 가진 사람은 위기에 빠졌을 때 그 사실을 인정하고 생존에 필요한 것을 먼저 찾는다. 생각하고, 행동하며 절망에서 천천히 벗어나면 회복하는 속도가 훨씬 빠를 수밖에 없고, 이 힘은 위기를 극복해 나가면서 기르는 방법밖에 없다. 책을 읽는다고 알 수 있는 게 아니기 때문이다. 내가 말한 지혜는 모두 경험에서 배운 것들이다. 그래서 자신 있게 말할 수 있다. 위기를 극복할수록 나는 더 강해졌고 우리 회사의 규모는 점점 커지고 있으며 이제 어떤 위기에도 무너지지 않는 강한 마음가짐을 갖게 되었다. 위기는 좌절이 아닌 기회라는 것을 꼭 기억하길 바란다. 절대로 포기하지 마라. 인생은 단거리가 아닌 장거리 경주다.

SWING POINT

"인생은 단거리가 아닌 장거리 경주다. 장거리를 단숨에 전력 질주하는 사람은 없다. 힘들면 중간에 잠시 쉬어도 된다. 당신이 우려하는 일은 절대 생기지 않으니. 인생은 길게 봐야 한다."

흙수저와 금수저 타령은 그만

금수저를 질투해본 적 있는가? '나는 금수저가 아니어서 성공할 수 없어!', '쟤는 금수저여서 잘되고 있어!', '우리 부모님은 왜 부자가 아닐까?' 한 번쯤 이런 생각해 본 적 있지 않은가? 반대로 '내가 내 자식을 금수저로 만들겠어!'라는 생각은 해본 적은 없는가? 다시 태어나도 금수저로 태어날 확률이 크다고 생각하는가? 내가 노력해서 내 자식을 금수저로 키우는 것이 가장 높은 확률이지 않을까? 그런데 왜 다들 금수저를 내리깎으려 하고, 시기 질투를 하는 것일까? 당신이 평생 가난하게 살겠다고 다짐해서 그런 게 아닐까?

금수저를 욕하고 남는 것이 무엇인가? 여전히 상대적 박탈감밖에 없을 것이다. 곰곰이 생각해 보길 바란다. 왜? 라는 한 글자면 인생이 바뀔 수 있다. 왜? 우리 부모님은 부자가 아니고 왜? 저 친구의 부모님은 부자지? 왜? 무엇이 이유일까?

이 '왜?'라는 물음만 계속해도 나의 위치를 서서히 이동할 수 있다. 누구나 할 수 있지만, 본인이 하고 있지 않은 것이다. 왜? 게으른 사람들 사이에서 태어났고 게으른 사람들끼리 모여서 서로 위로하고 열등감을 채우기 때문이다.

그렇게 점점 잘못된 사고방식이 자리잡히기 시작한다. 조금씩 질문을 바꿔보자. 아주 만만한 질문부터 시작해보자.

'나는 흙수저인 것을 알면서도 왜 아무런 행동도 하지 않고 있지?'

질문이 변화의 시작이다. 그리고 나는 오히려 흙수저가 더 유리하다고 생각한다. 움직여야 할 이유가 더 많기 때문이다. 분노하는 것에서 그치지 말고 그 분노를 행동으로 연결해보자. 왜 흙수저가 움직여야 할 이유가 더 많냐고? 세상은 원래 불공평하기 때문이다. 이 불공평한 것을 본인이 얼마나 인정할 수 있는지 파악하고 불공평한 만큼 노력하면 된다. 평생 이 세상은 틀렸다고 외치며 살 것인가? 당신의 목만 쉬고 인생만 더 불쌍해진다. 당신의 인생은 10년이 지나도 30년이 지나도 제자리일 것이다. 결혼해서 자식까지 낳게 된다면? 당신이 느꼈던 설움보다 더 큰 설움을 대물림하는 것이다. 악순환은 계속된다. 가난은 늘 대물림이고 부 또한 대물림이니 세상이 나에게 맞춰지기를 바라지말고 내가 세상에 맞춰 나가야만 한다. 너무 당연한 얘기 아닌가? 하지만 이 당연한 것을 다들 생각하지 않고 살아간다.

반대로 금수저들의 얘기를 해보자. 여기서 말하는 금수저는 부모님의 능력으로 내 가정과 자식(손자)까지 케어할 수 있을 정도의 집안이라고 하겠다. 보통 그 정도의 능력이 되는 부모님은 자신의 자녀에게 고기 잡는 법을 알려 주기보다는 고기를 가져다주며 고기를 잃지 않는 법을 가르친다. 그래서 홈런을 치려는 무리한 연습보다는 적당한 연습만 해도 된다는 식의 교육이 일반적이다. 흙수저들은 잃을 것이 있는가? 잃을 것이 없기에 더욱 과감하게 행동할 수 있다. 상대적 박탈감을 느껴야 할 이유도 필요도 없다는 이야기다. 또 하나 중요한 사실은 금수저 집안 또한 누군가가 엄청난 노력과 희생을 통해 그 부를 이루어 낸 것이다. 그런데 그런 존중 없이 본인이 부자가 될 수 있다고 생각하는가? 모든 것에는 반드시 대가가 따른다. 그냥 부자가 될 수 없고 그 부에는 이유가 있단 말이다. 그런 존중도 없다면 부자가 될 수 있는 확률은 나는 감히 0%라고 자신한다. 잘되어 봤자 동네에서 콧방귀만 끼는 졸부일 것이다.

평생 흙수저로 살 것인가, 내 자식을 금수저로 만들 것인가. 본인이 선택하는 것이고 직접 선택함으로써 인생을 바꿀 수 있다. 인정하고 당장 움직이자. 어디서부터 시작해야 할지 모르겠다고? 나가서 걸으면서 곰곰이 생각해 보자. 나에게 질문을 던져보자. 왜 하지 않았지? 무엇이 필요하지?

세상이 아닌 나에게 물음을 던지는 게 변화의 시작이다.

SWING POINT

"하버드대 교수 데이비드 맥클랜드는 '어쩌면 많은 사람들이 실패를 겪는 것은 그들이 스스로를 마취할 핑계를 찾고 있는지도 모른다.'라고 말했다. 즉, 핑곗거리를 찾는 순간 당신은 성공으로 향하는 길에서 벗어나 있을 것이다. 자꾸 핑곗거리를 만드는 것도 병이라는 걸 기억해라. 환경을 이겨 내는 사람이 결국 승리한다."

SNS가 기준이 되면 안 된다

핸드폰이 없으면 못산다. 요즘 사람들의 처지다. 물론 나를 포함해서 말이다. 그중에서도 SNS는 특히 많은 비중을 차지하는 요소다. 그러다 보니 모든 정보를 SNS를 통해 접하고 얻게 되며 인공적인 지식으로 세상을 배워간다. SNS는 많은 사람에게 무의식중 자연스럽게 세상의 기준으로 삼게 되는 도구가 됐다. 이게 너무 속상할 따름이다.

SNS상에서 자신의 지인들을 보며 상대적 박탈감을 느낀다. 더 보태어 전혀 모르는 사람의 삶을 엿보고 또 박탈감을 느낀다. 박탈감의 연속이다. 왤까? 다들 SNS상에서는 돈 많은 백수인 흉내를 낸다. 돈을 제대로 벌어본 적도 없고 한 가지 일을 오래 해 본 적도 없는 사람들이 말이다. 그런 사람들이 부자인 흉내를 낸다. 부자의 근처도 가지 못할 사람들인데 그들은 SNS상에선 부자고 매일 행복한 사람이다.

정확히 말하면 부자처럼 보이는 것이고 대부분은 부자가 아니며 행복하지도 않다. 그런데 그 껍데기만 보고 상대적 박탈감을 느끼는 것이다. 이는 분명 잘못됐다. 왜냐고? 그 대상 자체가 따라 하면 안 되는 대상이기 때문이다. 주변 사람들을 보자. 가끔 비싼 음식점을 가는데 한 달에 한 번 간 것을 몇 번에 걸쳐 나눠 올리면 그 사람은 매일 비싼 음식만 먹는 사람으로 인식된다. 한 달에 한 번 갔지만, 인스타에서는 자주 보이기 때문이다. 한 달에 한 번 골프를 치러 나갔는데 사진을 여러 번에 걸쳐 올리면 그 사람은 매일 놀면서 골프를 치러 다니는 사람이 된다. 이런 것에 자주 노출되면 본인도 무리하게 그런 장면들을 따라 하고 싶어진다. 비싼 음식을 먹을 상황도, 골프를 칠 상황도 아닌데 말이다. 남들이 하니까 SNS상에서 본인의 체면을 위해서 겉치레 인생을 사는 건 정말이지 위험한 생각이다.

그런 사람의 인생이 과연 성공할 수 있을까? 내가 봤을 때는 평생 흉내만 내다가 진짜 부자가 되지 못하고 생을 마감할 것이다. 당장 내가 멋있어 보이기 위해 많은 에너지와 비용을 지출하는 건 욕심도 없고 노력도 하기 싫어서다. 조금만 이성적으로 생각해 보자. 100세 시대인데 늙어서까지 돈 걱정 안 하려면 어떻게 해야 할까? 60세가 넘어서도 운동하고 자식들에게 존경받으며, 사랑하는 사람들과 행복한 순간을 위해 소비하는 것이 바른 그림 아닌가? 매일 비싼 취미, 비싼 음식 먹는다고 내가 비싸지는 것이 아니다. 더 나은 사람이 되는 것이 아니란 말이다.

SNS에서 삶을 사는 사람보다 미래를 위해 음지에서 노력하는 사람이 부자 될 확률이 수십 배는 높다. 보이는 것에 취하지 말자. 그것도 중독이다. 가상 세계에 살지 말고 현실 세계에 더 집중하기를 바란다. 내 삶의 기준은 내가 만들어야 하며 남의 기준이 내 기준이 되면 결국 나만 손해다.

내가 이렇게 말할 수 있는 이유는 나 또한 SNS 공간에 명품, 해외여행, 차 등 자랑에 빠져 있던 시절이 있었기 때문이다. 성공하지도 못했는데 나름 돈 좀 번다고 자랑하고 싶었고 남들보다 우월하다는 것을 증명하고 싶었던 것 같다. 지금 생각하면 부끄럽기 짝이 없다. 물론 그 시절이 있었기 때문에 지금의 내가 있는 것이지만 굳이 겪지 않아도 될 순간들은 미리 알고 겪지 않아도 된다. 몇 년을 아낄 수 있으니까 말이다. 이 글을 읽고 있는 당신이 부자라면 마음대로 자랑하고 마음대로 SNS를 즐기길 바란다. 하지만 당신이 아직 부자가 아니고 성공을 꿈꾸는 사람이라면 허상에서 벗어나 현실에 집중하길 바란다. 겉치레의 유혹에만 벗어나도 최소 2~3년을 아낄 수 있다.

SWING POINT

"SNS 속 사람들 꽁무니 쫓는 행동은 그만두고, 당신이 마주한 현실을 직시하고 받아들여라. SNS 중독을 벗어날 수 있는 방법은 아래와 같다."

1. 휴대전화보단 책을 옆에 두어라.
2. SNS에서 오는 알람을 해제해라
3. 불필요한 SNS 계정과 구독 중인 콘텐츠를 정리하라.
4. 자신만의 규칙을 만들어서 SNS 사용량을 줄여라.
5. 자기 계발 및 취미 시간을 늘려라.

생각만 많이 하는 사람이 실패한다

"나 요즘 생각이 많아"

"생각이 많아서 머리가 아파"

주변에서 이런 말을 한 번쯤 들어봤을 것이다. 생각이 많은 게 나쁜 것은 아니다. 그러나 생각만 많은 것은 최악이다. 생각했으면 그 생각을 정리해야 하고 실행해야 한다. 내가 항상 자주 하는 말이 있다. 생각이 많은 사람이 이기는 것이 아니고 그 생각들을 큐브로 저장해 놓고 하나씩 실행하는 사람이 이기는 거라고 말이다.

당신이 지금 하는 수많은 생각을 끝까지 생각해서 결론을 짓고 큐브로 저장해야 한다. 생각을 정리하는 법은 다른 활동을 하는 것이다. 실내에서 가만히 앉아서 또는 누워서 생각에 잠기면 아무것도 하지 못한다. 밖에 나가 걷거나 뛰고 아이디어를 글로 써보는 것을 강력하게 추천한다. 그럼 엉켜 있던 생각이 더 쉽게 정리된다. 정리된 큐브를 많이 쌓아야 한다. 생각만 하고 선택하지 못한다면 당신은 아무것도 한 게 아니다. 쉽다. 몸만 움직이면 된다. 일단 움직여보자.

인생을 살다 보면 내가 어떤 직업을 선택할지 어떤 사업을 할지 등 아무리 생각해도 답이 나오지 않을 때가 있다. 생각을 정리해 본 적이 없고, 실행해 본 적도 없기 때문이다. 한 분야에 어떤 직업을 선택할 때는 직종보다 나를 먼저 들여다봐야 한다. 중요한 것은 내가 어떤 존재가 되고 싶은지를 정확히 아는 것이다. 남에게 도움을 주고 싶은 존재, 남에게 웃음을 주고 싶은 존재, 남에게 존경받고 싶은 존재, 영향력을 행사하는 존재, 평생 남에게 피해 끼치지 않는 존재 등 인간으로서의 여러 색깔의 존재가 있지 않은가? 그런 존재 중 내가 원하는 존재가 무엇인지를 아주 정확히 짚어야 한다.

내가 어떤 상황에 기뻐했고 만족을 느꼈는지 생각해 보면 파악하는 데 그리 많은 시간이 걸리지 않는다. 그다음, 직업 및 직종은 내가 그런 존재가 되기 위한 수단이 되어야 한다. 잘하는 것을 찾아야 한다고? 내 생각은 좀 다르다. 내가 되고 싶은 존재를 위해 오래 할 수 있는 것을 찾아야 한다. 다르게 표현하면 지속 가능한 것을 찾아야 한다. 사람은 원하는 존재가 되기 위해 끊임없이 노력해야 더 나은 삶을 살 수 있다. 고집스럽게 좋아하는 일, 잘하는 일만 찾다 가는 정체성을 평생 찾지 못하고 방황할 수 있다. 그리고 한 가지 일을 오랫동안 지속하지 못할 수도 있다.

왜 한 가지 일을 오래 해야 하냐고? 인간은 편한 것만 찾으려고 하는 것이 본능이고 시대가 진화함에 따라 그런 습성이 더더욱 고조되고 있기 때문이다. 평범한 사람이 계속 편한 것만 찾는다면 그 사람의 인생은 평생 제자리일 것이다. 움직이며 생각하고 그 생각들을 반드시 정리하며 내가 인간으로서 어떤 존재가 되고 싶은지를 명확히 알아야 한다. 이것만 알아도 인생의 반은 이미 성공했다고 해도 과언이 아니다.

나 또한 실제로 당연히 생각만 많았던 사람이었고, 방구석에서 한탄만 했던 사람이다. 나는 중학생 시절 하교 후 저녁 늦게까지 늘 집에 혼자 있었다. 매일매일 우울한 감정을 느꼈고 불안함에 집에 있기가 죽기보다 싫어 항상 밖으로 나와 걸었다. 고등학생 때와 20대 초반에 여자친구와 헤어질 때면 밖에 나가서 걷거나 뛰며 불안함을 해소했다. 뛰고 나면 부정적인 감정들이 금방 없어지고 이성적인 사고들이 나를 지배했었다. 지금도 똑같다. 내 일에 관련해 브레인스토밍이 필요할 때 나는 무조건 나가서 걷거나 뛴다. 나는 사업하는 사람 치곤 스트레스 지수가 낮은 편이라 생각한다. 움직이는 습관 때문에 말이다.

거두절미하고 당장 움직이는 습관을 기르자 제발. 움직이면 생각보다 많은 것이 해결된다. 우리의 몸을 움직일수록 뇌는 더 똑똑해진다는 사실을 잊지 말자. 생각이 많을 때면 청소를 하거나, 요리도 해도 좋다. 그게 어렵다면 최소한 노트에 짧은 글이라도 적길 바란다. 끝까지 생각을 정리한 후 머릿속에 큐브로 저장하기를 바란다. 그것이 당신을 성장시키는 소중한 재산이니 말이다.

SWING POINT

B ●●●
S ●●●
O ●●

"핸드폰을 잠시 내려놓고 그 누구의 방해도 없이 혼자 나가서 걸어봐라. 많은 생각을 하게 될 것이고, 복잡했던 머리도 쉽게 정리가 될 것이다. 많이 생각하면 상상력이 풍부해질 것이고, 풍부해진 상상력을 기반으로 행동력을 길러보자. 누구나 키울 수 있는 힘이다."

인생과 운전의 공통점

　자동차로 서울에서 부산까지 간다고 가정해보자. 최소 4시간 이상 소요 시간을 잡아야 할 것이다. 당신은 지금 조수석에 타 있으며 운전은 친구가 하고 있다. 그 친구가 도착을 빠르게 해야 한다며 휴게소도 들리지 않고 굉장히 급한 마음으로 운전을 한다. 상상이 가는가? 다급한 친구의 모습이? 그 옆에 타 있는 당신의 모습이 얼마나 불안한지 상상이 되는가? 아무리 빨리 달려 봤자 불안한 마음을 4시간 동안 느껴야 하는 고통에 비해 얻을 수 있는 것은 없을 것이다.

인생도 똑같다.

다들 본인이 빠르게 성공하고 싶다고 해서 성공하는 것도 아니고 본인이 급할수록 더 고통에 빠져 주변 사람들에게 고통을 전달한다. 인생은 운전과 비슷하다. 출발지와 목적지는 반드시 있어야 하되 휴게소에 들러 적절한 휴식이 필요하며 목적지에 빨리 도달하기보다 운전하는 과정을 즐겨야 한다. 그래야 목적지에 도달해서도 행복한 여행을 즐길 수 있는 것이다.

나도 한때는 성공이 굉장히 가까이 있는 줄 알고 급한 마음으로 빠르게만 달렸다. 그런데 아무리 빨리 달려봤자 내가 가진 체력은 한계가 있었다. 시간이 지날수록 일이 하기 싫어졌고 자괴감도 느끼며 내가 하는 비즈니스도 점점 내리막길을 걸었다. 이런 과정을 수차례 겪다 보니 급한 마음이 들수록 주변을 살피며 나아가야 한다는 것을 알았다.

운전을 처음 해본 사람이 서울에서 부산까지 빠르고 안전하게 도착할 수 있을까? 그건 지나친 욕심이 아닐까? 하지만 사람들은 인생 대부분 일을 쉽게 할 수 있다고 생각하고 있다. 빠르게 도착하려 할수록 본인 인생만 불행해진다. 더 쉽게 고꾸라진다. 지금부터라도 긴 여정을 해야 한다는 걸 인정하고 많이 움직여 경험을 쌓자. 운전대를 많이 잡아보아야 서울에서 부산까지 안전하고 빠르게 갈 수 있다. 그리고 운전을 하다 보면 사고도 날 수 있고, 일방적으로 피해를 볼 수도 있다. 이런 경험들이 결국 운전 실력을 올려준다. 시도와 실패를 두려워하지 말자. 큰 성공을 위해서는 수천 번의 시행착오가 필요하다. 출발지와 목적지를 정하고 계속 나아가되 목적지에 도착해서 무엇을 할지도 구체적으로 생각해야 한다.

부디 많은 경험으로 한 뼘의 여유를 가진 사람이 되길 바란다. 이 마인드를 바로 삶에 적용해서 스스로 피드백을 하며 나의 약점을 장점으로 승화시켜보자.

혹시 너무 빠르게 달리려고 하지 않았나?

SWING POINT

"마라톤을 완주하기 위해 1km, 5km, 10km 차차 거리를 늘려 가며 일정하게 지속적으로 달리는 훈련을 받아 결국 풀코스를 완주하는데, 인생이라고 어찌 단번에 성공할 수 있겠는가. 뭐든 쉽고 빠르게만 하면 반드시 넘어진다. 잘하는 척은 그만하고 많이 시도하고 많이 실패하며 경험치를 쌓아라. 많이 뛰어본 사람이 결국 더 멀리 더 빠르게 갈 수 있다."

언제까지 흉내만 낼 것인가?

나도 정말 다양한 흉내를 내면서 살아봤다. 여자에게 인기 많은 흉내, 지식이 풍부한 흉내, 영어 잘하는 흉내, 부자인 흉내 등. 인간에게는 우월해지고 싶은 본능이 있다. 그래서 사람은 항상 자신을 돋보이게 할 수 있는 모티브를 찾고 그 동기는 실제로 본인 인생에 있어 중요한 역할을 한다. 한 가지 특이점은 대부분 한 번도 보지 못한 사람을 모티브로 삼고 그 사람을 미디어를 통해 알게 됐다는 것이다.

빈 수레가 요란하다는 말 들어봤는가? 미디어에는 빈 수레들이 너무 많다. 정말 다양한 사람들을 많이 만나 봤기에 안다. 빈 수레는 대부분 요란하고 화려하고 말이 많다. 왜 잘 안다고 말할 수 있냐면 내가 빈 수레였고, 요란함이 극에 달했던 사람이기 때문이다. 더 재미있는 사실은 대부분 사람은 이 요란함에 호기심을 갖는다. 즉 우리는 빈 수레를 동경하고 빈 수레를 닮고 싶어 한다는 말이다. 우리는 겉모습만 보고 사람을 판단한다. 속을 들여다봐야 하는데 그 사람이 무엇을 입고 있는지, 무슨 차를 타고 있는지 표면적인 것으로 판단하고 그 모습이 전부인 줄 안다. 이건 분명히 위험한 짓이다. 조금만 더 알아보면 겉치레인 것을 확인할 수 있는데 왜 거기서 확신하는가? 남들이 보지 못하는 것을 보고 상대를 판단해야 한다. 누구나 확인할 수 있는 것에 확신을 얻는 게 아니라 음지에 있는 가치를 알아봐야 한다.

빈 수레를 보고 따라 하려고만 하면 당신의 인생이 어떻게 될까? 간단하다. 똑같이 빈 수레가 된다. 자꾸 빈 수레 빈 수레라고 해서 빈 수레가 무엇인지 궁금할 수 있을 것 같아 말한다. 빈 수레란, 말 그대로 수레에 짐이 없는 것을 뜻한다. 사람으로 치면 겉은 부자인 것 같으나 내막은 쥐뿔도 없는 사람을 얘기하는 것이다. 그들은 겉은 화려한데 왜 속은 비었을까? 거꾸로 생각하면 간단하다. 속이 비었으니 겉이 화려한 것이다. 휘황찬란한 사람일수록 그 사람이 왜 화려한지를 생각해 보자. 간단한 질문만으로 사람 보는 눈이 달라질 수 있다.

겉만 번지르르한 사람보다는 정말 누가 봐도 최선을 다하고 있는 사람 또는 걸어온 길이 존경받을 만한 사람을 모티브로 삼아야 한다. 사람들은 과정은 생각조차 안 하고 일절 관심도 없다. 하지만 기울어진 삶을 고치려면 아무도 모르는 외로운 과정을 알아야 한다. 물론 결과도 중요하지만 앞으로 꾸준하게 좋은 결과를 내고 싶다면 '과정'이라는 말에 가치를 두길 바란다.

장담하지만, 성공한 사람 중 과정이 힘들지 않았던 사람은 단 한 명도 없다. 만인이 인정하는 성공한 사람은 다 이유가 있다. 믿고 싶지 않겠지만 그들은 남들은 절대 감당하지 못하는 사건과 감정을 무수히 겪어온 사람들이다. 성공의 크기는 고통의 크기와 같다. 마음의 여유는 꼭 돈에서만 오는 것이 아니다. 많은 풍파를 겪고 이겨 내었을 때 진정한 여유가 생긴다. 당신도 이런 여유를 갖고 싶다면 겉이 화려한 사람들 말고, 말 많은 사람들 말고, 자기 자랑만 늘어놓는 사람들 말고, 숨어 있는 고수를 찾고 과정이 보이는 사람을 찾아야 한다. 그게 설령 친구라도 말이다. 좋은 결과는 반드시 좋은 과정에서 나온다는 것을 잊지 말자. 시각에 속지 말고 그 안을 들여다보고 진짜 가치는 무엇인지에 대하여 생각해 보자.

나도 겉모습과 보이는 것에 욕심을 내려놓고 무너지지 않는 단단한 사람이 되고 싶어 나의 못남을 인정하고 서서히 변화하기 시작했다. 하루하루 해야 할 일을 다 마치면 내가 발전하는 것이 보이고 우리 회사가 성장하는 것이 보인다. 그리고 마음의 여유도 생겼다.

이제는 매일 감사한 마음을 잊지 않고 살고 있다. 나는 흉내 내는 사람이 아니다. 겉치레에 빠져 사는 사람보다는 진짜 오리지널이 되어 세상 앞에 당당해지길 바란다.

SWING POINT

B ●●●
S ●●●
O ●●

"카피도 능력이지만 카피만 할 줄 안다면 그것만큼 무능한 게 없다. 수박도 쪼개서 먹어 봐야 안다고 겉만 슬쩍 보고 넘기면 수박의 참맛을 알 수 없듯 인간도 마찬가지다. 속이 꽉 찬 사람은 잠깐만 대화를 해 봐도 알 수 있다. 겉만 번지르르하지 말고 내면이 단단한 사람이 되자."

안정된 삶이란
도대체 무엇일까?

우리가 주변 사람들에게 늘 들었던 소리는 안정된 것을 찾으라는 말이다. 그 말이 틀린 말은 아니다. 안전은 늘 우선시 되어야만 한다. 다만 안전을 추구해야 할 사람과 도전을 추구해야만 하는 사람은 분명하게 나뉜다는 것을 알아야 한다.

부모님이 살아왔던 자취를 따라 그대로 삶을 이어갈 것이라면, 정말 그래도 되는 상황이라면 부모님 말씀에 귀 기울이고 뜻을 함께

해야 한다. 그게 곧 삶의 기준이고 거기서부터 본인만의 길을 발전시켜 나가면 되니까 말이다. 하지만 현실적으로 그러지 못한 사람은 새로운 영역에 시도해 보며 위기를 겪어 봐야 한다. 위기가 많다는 것은 도전을 많이 했다는 것을 증명한다.

위기의 횟수 = 도전의 횟수

도전이 있어야 인생을 바꿔나갈 큼지막한 기회들이 온다. 그리고 그 기회에서 오는 경험들로 인해, 인생의 방향성을 잡고 나아갈 수 있다. 또 도전에서부터 오는 위기를 실제로 느껴봐야 본인이 성장 여부를 냉정하게 판단할 수 있다.

인간은 현재에 안주하려는 본성이 굉장히 강한 동물이다. 그러나 위기를 겪게 되면 그 어떤 동물보다 가장 강력한 존재가 될 수 있는 존재다. 위기 상황에서는 즉시 생각하고 변화하고 행동하기 때문이다. 위기를 피하기로 했다면 당신의 인생은 거기까지고, 이겨 내기로 마음먹었다면 오로지 성장만 남는다. 이건 인생의 공식이라 해도 과언이 아니다.

이 세상에서 당신을 지켜줄 사람은 아무도 없다. 당신의 바람과는 달리 세상은 잔혹하며 강해져야 자신을 지킬 수 있고 내 소중한 사람도 지킬 수 있다. 의지하는 것보단 먼저 본인이 강해져야 한다. 강해져야 안정을 찾을 수 있다. 내가 불안정한데 과연 누구를 지킬 수 있을까? 가진 게 없는 만큼 더 움직여야 하고, 배우지 못한 만큼 더 공부해야 하며 한 게 없는 만큼 더 희생해야 한다.

능력도 돈도 없는데 안정을 추구한다? 말이 된다고 생각하는가? 단순히 가진 것을 잃지 않는 법은 배울 수 있지만 무책임하게 안정을 추구하라는 말은 '평생 가난하게 살아라'와 똑같은 말이다. 당신이 선택하면 되는 것이다. 심리적인 안정을 위해 아무것도 하지 않을 것인지, 위험 부담이 있지만 성장할 수 있는 길을 선택할 것인지.

100세 시대에서 어떠한 위기 없이 안전하게만 산다면 늙어서도 안전과 안정을 찾을 수 없다. 60대가 넘어서 구걸하며 안정을 느끼는 비루한 삶을 살고 싶은가? 안정이라는 단어에는 '평생' 또는 '지속 가능한'이라는 말이 내재 되어 있다는 것을 꼭 명심했으면 좋겠다. 젊은 시절에 많은 위기를 겪고 최대한 높은 곳까지 도달해야 늙어서도 안전지대를 차지할 수 있는 법이다.

도전을 두려워하지 말길 바란다. 막상 해보면 아무것도 아닌 일들이 많다.

SWING POINT

"괜한 도전으로 위기를 마주하고 싶지 않아서 또는 안정적인 생활을 벗어나고 싶지 않아서 현실에 안주한다면 썩은 물에 고이게 될 것이다. 더 나아질 수 있는 방법이 곳곳에 널려있다. 콜럼버스가 된 것처럼 그것을 끊임없이 찾아내자. 가만히 있으면 인생은 더 불안정해진다. 진짜 안정은 능동적으로 만들어가는 것이다."

PART. 2
아직 지옥은 끝나지 않았다

당신이 남들과 다른 것일까?
틀린 것일까?

남들과 다르다고 생각한 적 있지 않은가? 남들보다는 내가 조금 더 나은 것 같고 조금 더 특별하다거나 본인은 평균 이상이라는 생각 말이다. 남들과 정말 다른 사람이라면 증명이 필요하다. 남들과 무엇이 다르고 어느 정도 다른지 그 누가 봐도 알아차려야 한다는 말이다. 당신이 정말 특별한 존재가 되고 싶다면 그만큼 노력해서 차이를 벌려야 한다. 하지만 대부분 그래야겠다는 생각만 하고 어떤 행동도 없이 안주하며 살아간다.

그거 아는가? 진짜 특별한 사람은 내가 부족할 수 있다는 생각을 하고 살아가는 사람이다. '내가 부족할 수 있지'라는 생각 덕분에 한 번 더 나를 들여다보면서 결점을 장점으로 발전시키는 것이다. 이런 과정도 없이 본인은 부족함이 없다고 믿고 있다면 남들과 다른 것이 아니라 틀린 사람이라고 보면 된다. 틀린 사람은 방향 자체가 올바르지 못하기 때문에 얼른 바로잡아야 몰락을 막을 수 있다.

조금 더 쉽게 설명하자면 이렇다.

나 또한 내가 특별한 사람인 줄만 알았다. 그걸 굳게 믿고 살았고 모든 것이 알아서 풀릴 줄 알았다. 이 오만한 생각 때문에 내 성장의 한계점은 일찍 찾아왔다. 이유 없는 자신감으로 더 노력할 수 있었음에도 노력하지 않았고 발전할 수 있음에도 발전을 도모하지 않은 것이다. 그래서 좌절했다. 내가 정말 다르다면 다르게 행동했어야 했다. 그걸 너무 뒤늦게 깨달았다. 겸손이라는 말을 깨달은 것이 바로 이 시점이다. 내가 특별해지고 싶다면 혼자 그렇게 생각하는 것이 아닌 타인이 특별하다고 인정해 줘야 한다.

처음부터 남들과 다를 수 없다. '난 특별한 존재야.' '나는 우월한 존재야.' '이렇게 못 해도 남들보다는 낫지.'라는 어리석은 생각이 당신을 망친다는 말이다. '남들보다 못할 수 있다.'라는 생각에서 시작해야 한다. 자신을 자책하라는 말이 아니다. 도태될 수 있다는 낮은 마음가짐에서부터 시작해 내가 생각하는 이상의 기준까지 서서히 올라가면서 증명을 하라는 말이다. 그럼 자연스럽게 남들과 다른 특별한 존재로 넘어갈 수 있게 된다. 이런 발전은 위에 말한 것처럼 스스로 만들어야 한다. 그리고 애초에 본인이 만들 수밖에 없다. 누가 만들어 주겠는가? 설마 타인이 만들어 준다고 해도 본인이 노력하지 않으면 금방 되돌아가기 마련이다.

일반적인 사람은 대부분 본인의 가치를 높다고 외치는 일이 자존심이라고 생각하는 경우가 많다. 자존심이라는 것은 본인을 지키는 일이다. 불리한 상황에서 당장 높게 세우는 것이 아닌 '나'라는 존재를 진정으로 사랑하고 지키는 것이다. 평생 자존심을 지키고 살고 싶다면 낮은 곳에서부터 생각을 시작해야 한다.

'나는 남들과 달라.'
'나는 평균 이상이야.'

'나는 특별해.' 같은 말도 안 되는 주문만 외쳐봤자 시간만 낭비하고 본인 인생만 낮아질 것이다. 그렇게 주문을 걸고 밖으로 나가 떠들고 다니는 행위가, 센척하고 다니는 행위는 절대 좋은 모습이 아니다. 그런 사람은 자존심이 센 게 아니라 미래를 보는 눈이 없으며 주제를 모르는 무지한 사람이다. 물론 나도 그렇게 살았던 인간 중 한 명이지만 이 지혜를 터득하고 나서는 정말 나를 지킬 수 있는 자존감과 태도가 생겼다. 내가 오만하지 않은 이상, 앞으로도 내 자존심은 굳건히 지켜질 예정이다.

기억해라. 나를 드높이고자 할수록 당신은 점점 낮아질 것이다. 나의 가치를 높이고 싶다면 낮은 곳에서부터 시작하자. 당신은 어딜 가나 대단한 존재가 될 수 있다. 항상 자세를 낮추고, 인정하고, 움직이고 발전하자.

SWING POINT

B ●●●
S ●●
O ●●

"헤엄을 잘 치는 사람은 물에 빠져 죽고, 말을 잘 타는 사람은 말에서 떨어져 죽는다."
　　　　　　　　　　　　　　　　　　　　　- 회남자(淮南子)

"벼도 익을수록 고개를 숙인다. 교만해지지 말아라. 늘 자세를 낮추고, 인정하고, 움직이고, 발전해라. 특별함이란 증명이 가능한 것이어야만 한다."

지독한 악순환에서
벗어나고 싶다면

내가 악순환에 탑승해 있는지 선순환에 탑승해 있는지 정확히 파악하는 것은 인생에서 굉장히 중요한 일이다. 이것을 명확히 알아야 악순환에서 벗어날 수 있고 도약의 발판에 설 수 있게 된다.

나는 떡볶이를 팔기 전 대학교 3학년 때까지 인생을 굉장히 만만하게 봤던 사람이고, 꾀로만 살아왔던 사람이었다. 불법 스포츠 토토로 돈을 벌려고 하다 많은 돈을 잃었고, 일하기도 싫어했으며 성공은 한방이라고 생각했던 사람이다. 항상 인생에 묘수가 있다고 생각했고 귀인을 만나면 삶이 단숨에 바뀌는 줄만 알았다. 그렇게 믿어왔기에 어떠한 노력을 하지 않았고 그렇게 발전 없는 인생이 이어져 왔다. 이런 상태를 악순환이라고 말하는 것이다.

현재 내가 어떤 신념을 가지고 있고, 어떤 노력을 하고 있는지 잘 점검해봐야 한다. 선순환이라는 것은 내가 노력할 때 발전할 수 있는 것에 몰두하고 있는가를 뜻한다. 악순환은 밑 빠진 독에 물 붓는 것과 같이 아무리 노력해도 성장할 수 없고 좋은 결과가 쌓일 수 없는 구조에 탑승해 있는 것이다. 그런데 생각보다 많은 사람이 악순환 구조에 탑승해 있다. 자꾸 쉬운 길을 찾으려고 하지 말자. 빠른 길을 찾으려고 하지 말자. 그것이야말로 악순환으로 가는 지름길이다.

인간의 행동은 신념과 밀접한 관련이 있다. 믿고 싶은 대로 믿고 살아가는 사람들이 보통 악순환에 타 있을 확률이 높다. 반대로 믿어야 할 것을 믿는 사람들이 선순환에 타 있을 확률이 높다. 믿어야 할 것을 신념으로 만들고 훌륭한 사람 또는 닮고 싶은 사람들의 신념을 따라가야 한다. 어느 정도 성장 후 본인만의 신념이 생겼을 땐 따라 하지 않아도 된다. 이 스킬만 터득하면 당신이 어떤 환경에 있든 상관없이 선순환에 탑승할 수 있다.

우리가 믿어야 할 것과 존경하는 사람의 신념은 인생의 이치를 깨우치는 데 매우 밀접한 관련이 있다. 이런 부분을 거스르려고 하지 않았으면 좋겠다. 밑바닥에서 시작하고 모르는 것과 단점을 인정해야 한다. 그래야만 선순환의 흐름을 타고 무한한 성장할 수 있는 법이다. 자만하지 말자. 똑똑한 척, 있는 척, 잘난 척, 그놈의 척 좀 그만하자. 선순환의 흐름을 타고 묵묵히 자신의 길을 나아가는 사람이 되자. 10년 뒤 주변 사람들이 당신을 대하는 태도 자체가 바뀔 것이라고 내가 확신한다. 그리고 마지막으로 꼭 알아두어야 할 것이 있다. 선순환을 타는 데까지는 꽤 오랜 시간이 걸린다. 그러니 좌절하지 말고 끈기를 가져라. 상승기류에 올라타게 되면 다가오는 기회들이 많다. 그것을 통해 엄청난 성장을 하면 그동안 인내했던 것들이 거름이 되었다는 걸 알 수 있을 것이다.

SWING POINT

B ●●●
S ●●
O ●●

"아기는 혼자 1만 번의 옹알이 끝에 비로소 '엄마'라는 단어를 말할 수 있게 된다. 첫걸음도 마찬가지, 수백 번을 넘어지고 걷는 걸 성공해본 당신이다. 끈기를 가지고 묵묵히 자신의 길을 걸어라. 느려도 괜찮다. 혈액순환만큼 중요한 것이 인생의 선순환이다."

악순환에서 벗어난다고
끝이 아니다

자, 이제 선순환으로 갈아탈 준비가 되었는가? 준비가 되지 않아
도 이건 꼭 해야만 하는 것이다. 그럼 조금 더 현실에 적용할 수 있
는 방법을 얘기해 보겠다.

사람에게 중독은 치명적이지만 배움에 중독되는 것은 언제나 좋
은 일이다. 우리는 배움을 통해 진정한 선순환에 올라탈 수 있으며
올바르고 가치 있는 나만의 기준을 만들 수 있다. 그런데 배움도 없

이 본인이 좋아하는 기준 또는 믿고 싶은 대로 기준을 만들어 버리는 사람이 있다. 그러고는 그 기준을 남들이 인정하지 않는다고 투정만 부리는 거다. 틀린 것이 아니라는 것을 증명하고 싶다면 배워야 한다. 나보다 나은 사람, 나보다 먼저 배운 사람도 있고 또는 책으로부터 배울 수 있다. 요즘은 유튜브가 많이 떠오르고 있지만, 개인적으로 책을 가장 추천하고 싶다. 책은 한 사람이 가지고 있는 모든 지식이 응축되어 있기 때문이다. 타인의 고귀한 경험과 지식을 한 번에 읽을 수 있다는 건 굉장한 일이다.

다들 잘 살고 싶어 하지 않는가? 그럼 현재 나보다 잘살고 있는 사람에게 배우면 된다. 운동을 잘하고 싶으면 나보다 운동을 잘하는 사람에게 찾아가지 않는가? 공부를 잘하고 싶으면 나보다 공부를 잘하는 사람에게 배우면 된다.

나의 실제 경험담을 얘기해 보겠다. 중학교 2학년 때 선생님들에게 무시를 받으면 너무 화가 나 분한 감정이 감출 수 없었다. 그때부터 나는 고심하기 시작했다.

'왜 이들이 나를 무시하고, 왜 그들이 나를 경멸하는 듯한 느낌을 받고 있지?'

내가 악순환에 타 있는지 선순환에 타 있는지 처음으로 깊이 생각해 본 순간이다. 그때 변화가 필요하다는 것을 깨달았고 나를 마른 스펀지로 만들기 위한 작업을 시작했다. 타인의 좋은 모습을 흡수하기 위해서 말이다. 나는 숙제도 잘하지 않았고 학교 성적은 최하위권이었으며 수업 시간에는 매일 잠만 잤기에 학교라는 집단에서 싫어할 수밖에 없는 존재였다. 그래서 학교라는 집단에서 인정받는 존재는 어떤 학생인지 관찰했고 대부분 품행이 바르고 공부를 잘하는 친구들이라는 걸 알게 되었다. 간단했다. 그 뒤로 공부를 시작했고 중3이 되어서는 공부 잘하는 친구와 무조건 친해져야겠다는 생각을 했다. 물론, 친해지기 쉽지 않았지만 변하고자 하는 마음이 진심이었기 때문에 친구도 나를 인정해 주었다. 그 뒤로 그들의 습관과 생각을 자연스럽게 흡수하게 되었고 덤으로 공부도 배울 수 있었다. 그때 처음으로 자발적인 배움과 성장에 관한 기술을 터득한 것 같다. 이후로 나는 그것을 하나의 기술로 삶에 계속 적용하며 살고 있다. 내가 모르거나 부족하면 배우고, 그 배움을 통해 실행하면서 잘못된 점을 찾고 계속 발전해 나갔다. 제일 좋았던 건 경험의 인사이트로 만들어진 '나만의 기준'이 생긴 것이다.

이것은 내 인생의 가장 큰 자산이라고 말할 수 있다.

배움의 자세. 즉 겸손함이라고 찾아볼 수가 없는 사람은 늘 한계에 부딪히게 되고 본인이 우물 안 개구리인 것을 평생 깨달을 수 없다. 배움에 열려있는 사람은 거만해질 리가 없고 매일 발전하며 본인만의 기준이 생겨 올바른 길로 가려는 변화를 계속 시도할 것이다. 세상의 좋은 것들을 흡수할 수 있는 상태로 만들어야 한다. 본인이 원하는 그리고 본인이 되고 싶은 존재에게 배우거나 필요한 분야의 책을 읽는 것을 다시 한번 강조하고 싶다. 이런 것들이 쌓이면 어마어마한 힘을 갖게 될 것이고 당신이 그간 가지지 못한 자신감을 얻을 수 있다. 하나도 어렵지 않다. 근처 서점에 가거나 존경하는 어른에게 질문을 던지는 것으로 배움은 시작되니 선순환을 위해 지금 당장 부지런함을 동원하길 바란다.

SWING POINT

"쓸데없는 자존심 때문에 손해 보는 사람 특징이 있다.

1. 무조건 내 말이 맞고 남의 의견을 인정하지 않는다.
2. 나를 치켜세우기 위해 상대의 약점을 잡고 깎아내린다.
3. 대부분 허세가 심하고, 뭐 하나 똑바로 잘하는 게 없다.
4. 남들에게 보이는 것을 중요시하고 그들의 평가에만 신경을 쓴다.
5. 항상 체면 차리기에만 급급하여 조언이나 도움을 듣지도 받지도 않으려고 한다.

쓸데없는 자존심이 나를 망친다."

정말 단숨에
성공할 수 있다고 믿는가?

2~3년 안에 성공한 사람을 본 적 있나? 진짜 2~3년 안에 평생 쓸 돈을 다 벌고, 부자다운 면모를 갖추고 주변 사람들 또한 성품을 갖춘 사람들이 있는 걸 본 적 있는가? 나는 세상에 단 한 명도 없다고 확신한다. 모든 것에는 시간이 필요하다. 그것도 아주 많은 시간이 필요하다. 급하게 가려 할수록 망가지는 것이 사람 인생이다.

세계적으로 유명세와 부를 거머쥔 운동선수들은 수십 년을 한 종목에 매달렸다. 사업으로 큰 부를 거머쥔 사업가 또한 수십 년을 회사에 자신의 시간과 능력을 갈아 넣었다. 권위를 가진 유명한 학자들도 수십 년 동안 연구를 진행했다. 세계적으로 유명한 예술가들은 평생 몰두한 작품들이 죽고 나서야 어마어마한 명성을 얻기도 한다. 요즘 시대로 얘기를 해보자. 유명한 유튜버들이 한순간에 뜬 것 같지만 사실 수년간의 노력 끝에 얻어낸 결실인 경우가 많다. 유튜버로 떴다고 해도 그다음 챕터에서의 성공은 또 다른 얘기고 또 긴 시간이 걸릴 것이다. 인간세계에서는 절대적인 진리다. 무언가를 얻기 위해서는 시간이 그 가치만큼 필요하다. 그렇지 않는다면 반드시 탈이 나게 되어 있다. 이 사실을 알고도 단숨에 성공하고 싶은가? 빠른 성공이 있다고 믿고 싶은 것인지 아닌지를 먼저 냉철하게 생각해 보길 바란다. 모든 것에는 단계가 있다. 그 단계를 거스르려고 하지 말자.

내 인스타그램을 예로 들어보겠다. 나는 인스타를 시작한 지 10년이 넘었고 본격적으로 시작한 때는 2020년이다. 처음에는 인플루언서의 겉만 따라 하기 바빴다. 그 안에 어떠한 내용도 담지 않았고 인스타그램에 대한 이해도 없이 그저 따라만 했다. 정말 멋진 사진 한 장으로 인해 엄청난 팔로워가 생기는 망상만 했었다. 그 뒤로도 똑똑한 사람의 컨셉, 개그 컨셉, 떡볶이에 미친 사람 컨셉 등 다양한 시도를 했지만, 폭발적인 성장은 단 한 번도 없었다. 제대로 들여다

보지 않고 겉만 따라 하려고 했으니 당연한 결과다. 그러면서 항상 생각했던 건 '내가 더 잘할 수 있는데'였다. 하지만 생각만 있을 뿐 들여다보려 하지 않았고 발전하려고 노력하지도 않았다.

2022년이 되고 나서 정말 제대로 해보자 결심을 했고 여러 마케팅 책과 강의를 섭렵했다. 공부를 하다 보니 자연스레 자신감이 생겼고 내 실행력에는 불이 붙기 시작했다. 그러면서 2022년 9월부터 단 하루도 빼먹지 않고 인스타에 1일 1 게시물을 올렸으며 매일 콘텐츠 내용을 깊게 생각하고 만들며 촬영에 사력을 다했다. 그렇게 6개월을 반복하니 팔로워가 3,000명에서 2.5만 명으로 늘어났다. 6개월 안에도 정체기는 있었고 흔들리는 시간도 늘 있었지만, 나와의 약속과 어차피 시간이 오래 걸릴 걸 알았기에 악플이 달려도 꿋꿋이 밀고 나갔다. 남들이 봤을 때는 갑자기 인플루언서가 되어 등장한 것 같지만 사실 이 작은 성과 안에서도 정말 많은 스토리가 있다. 당신이 이 책을 읽고 있을 시기에는 아마 내 팔로워는 4만 명 이상이 되어 있을 것이다.

그럼 이 과정을 인생에 똑같이 도입해보자. 갑자기 잘나가는 사업체가 본인 소유가 되고 비싼 집과 비싼 차가 당신에게 올 거라 생각하는가? 그럴 일은 단 0.1%도 없다. 인생은 본인이 하나하나씩 쌓아 나가는 것이다. 그러기 때문에 오래 걸릴 수밖에 없고 그것을 본인이 쌓았기 때문에 평생 잃어버릴 수 없는 가치가 되는 거다. 차근 차근 올바른 단계를 밟아 삶을 구축한다면 누구나 훌륭한 사람이 될수 있다. 다시 한번 말하지만, 성공은 오래 걸린다. 멈추지만 말고 꾸준히 움직이자. 쉽게 포기하는 사람들이 꽤 많기에 버티기만 해도 10% 안에 들 수 있다.

SWING POINT

"오래가기 위해서 엄청난 비결이 필요한 건 아니다. 그저 작은 것부터 한 개씩 꾸준히 성취해 나가는 것. 이것뿐이다. 인간은 성취감으로부터 자긍심과 큰 행복을 느낀다고 한다. 그러니 큰 목표를 이루기 위해 작은 것부터 먼저 성취해 보자. 마음만 앞 서서 되는 것은 단 한 가지도 없다."

역전해본 경험이 있는가?

혹시 자주 초조한가? 친구 때문에? 주변 사람들 때문에? 친구가 나보다 좋은 성적을 얻고, 친구가 나보다 좋은 옷을 사고, 나보다 좋은 차를 타면 기분이 안 좋은가? 친구가 좋은 대학에 가고 나보다 나은 직장에 가고 집을 빨리 샀을 때 배가 아프고 초조함을 느끼는가?

그런 상대를 역전해 보려고 한 적 있는가? 초조한 사람은 늘 지게 되어 있다. 진실을 보지 못하기 때문이다. 근시안적인 사람들은 초조함에 넘어져 발전할 수가 없다. 그런데 인간은 원래가 근시안적이다. 그래서 대부분 사람이 주변 사람들의 성장 또는 경쟁 상대의 성장을 굉장히 두려워한다. 더 중요한 점은 그런 마인드로는 절대 상대를 이길 수 없다는 것이다. 결국에는 거시적인 시야를 갖는 사람이 이긴다. 멀리 보면 묵묵히 나아갈 힘이 생기기 때문이다. 뭐든 끝까지 가야 한다. 포기하면 그걸로 끝이다.

거시적인 사람은 왜 방해와 시련에 굴복하지 않고 묵묵히 나아갈 수 있을까?

목표 자체가 남이 아닌 더 높은 곳에 있기 때문이다. 높은 곳으로 가기 위해 경쟁 상대를 오히려 이용해야 한다. 지는 것을 좋아할 사람은 없다. 나보다 우위에 있는 사람 또는 나보다 먼저 좋은 성과를 낸 사람이 있으면 그런 사람을 우선 목표로 잡고 빨리 나아가는 힘을 생성해 내 목표에 도달할 수 있게 세팅을 해야 한다. 즉, 라이벌을 성장에 이용할 수 있는 계단으로 삼는 것이다. 라이벌을 위해 노력을 하는 사람이라면 그 사람은 절대 멀리 가지 못하고 중간에 흥미를 잃어버린다. 경쟁 상대가 사라지는 동시에 동기도 없어지기 때문이다. 그렇기에 라이벌이라는 목표보다는 훨씬 더 높은 목표를 내면에 세워야 한다. 그럼 지는 상황이 오더라도 묵묵히 성장해 나아갈 여력이 생긴다. 그러다 보면 어느 순간 경쟁 상대를 자연스럽게 뛰어넘는 상황이 올 것이다. 이것이 진정한 역전이다. 순간에 절대 휘말려 서는 안된다. 멀리 보는 만큼 멀리 갈 수 있다는 걸 기억하라.

항상 주변 사람이 기준이 되면 안 된다. 당신과 비슷한 사람들끼리의 경쟁일 확률이 매우 높기 때문이다. 이 세상에는 정말 멋지고 훌륭한 사람들이 많다. 그리고 그들에 대한 정보들도 넘쳐난다. 우물 속에서 라이벌을 고르지 말고 더 큰 관점을 갖고 자신의 목표를 세워 성장 속도를 올리기를 바란다. 거시적인 관점도 훈련이다. 계속 훈련하다 보면 누구나 가능하다. 나도 근시안적인 인간 중 상급에 속하는 머저리 같은 인간이었다. 하지만 지속적인 자기 세뇌와 생각 트레이닝으로 이제는 멀리 보는 시야를 갖게 되었고 이 관점은 점점 명확해지고 있다. 당신도 할 수 있다. 내 말을 믿고 목표의 거리를 늘리고 인생의 파이를 키워보길 바란다. 뭐든 생각하기 나름이다.

SWING POINT

"당신의 열정이 무엇이든 일단 계속 나아가라. 절대 다른 사람과 비교하는 데 시간을 낭비하지 마라. 모든 꽃은 각자의 속도로 피는 법이다. 물고기가 날 수 없고, 새가 헤엄을 칠 수 없듯 각자의 자리에서 묵묵히 존재하는 사람이 결국, 한 분야에서 정점을 찍는다. 그러다 보면 역전은 당신도 모르는 순간에 되어 있을 것이다.

피하기만 하는 사람에게는
아무 기회도 오지 않는다

　　인간은 감정에 의해 움직이는 동물이다. 기분이 나빠지는 걸 느꼈다면 그 행위를 기피하게 된다. 반대로 기분 좋음을 느꼈다면 그 행위를 계속 선호하게 된다. 누군가에게 불편함을 느꼈다면 그 사람을 피하고 싶어 한다. 다른 누군가에게 편안함을 느꼈다면 그 사람은 계속 만나고 싶어 한다. 너무 당연한 얘기처럼 들리나? 하지만 나는 이 안에 숨어 있는 사실을 알려주려 한다.

인간은 계속 편한 것만 추구하려고 한다. 본능이다. 안전을 추구하는 것도 본능이다. 하지만 기분 좋은 것만 하고 편한 사람들만 만나려 한다면 그 사람은 발전하지 못하는 우물 안 개구리가 될 확률이 매우 높다. 성공한 사람들은 낯선 환경에서 불편함을 겪고 이겨 낸 사람들이고 기분 좋지 않은 상황을 타개하면서 성공을 이루어냈다. 이건 100% 명백한 사실이다.

예를 들어 나보다 능력이 좋고 잘난 척을 하는 사람이 있다고 가정해 보자. 그 사람이 매우 불편할 수 있고 다시는 보고 싶지 않을 수 있다. 하지만 그 사람에게 배우고자 하는 마음을 조금만 가지고 있다면 그 사람의 능력을 조금이라도 내 것으로 만들 수 있지 않을까? 나보다 잘난 사람들을 계속 피하고 뒤에서 투정만 부린다면 당신은 평생 가난하게 살아야 한다. 아직도 편한 사람만 만나고 싶은가? 진정 그들에게 배울 것이 많을까? 혹시 불편한 사람들을 만나고 싶지 않은 건 내게 없는 것을 가지고 있어서가 아닐까? 감정에 지배된 채로 여전히 살 것인가? 안된다. 이성적으로 사고해야 이기는 사람이 될 수 있다.

또 다른 예를 들어보자. 정말 큰마음 먹고 운동을 결심했다. 첫날 나가서 운동을 열심히 하면 보통 다음날 근육통으로 고생하기 마련이다. 이때 어떤 사람은 그 고통이 괴로워 자연스레 운동을 피하고 헬스장에 가는 걸 기피한다. 멋진 근육을 만든 사람은 그 고통을 수도 없이 겪었고 매 순간을 이겨 낸 사람들이다. 운동을 계속하는 게 그렇게 힘든가? 단편적으로 느끼는 불편함 때문에 미래의 성장을 왜 포기하는가? 절대 피하지 말자. 사람이든 상황이든 내가 불편하다고 해서 피하는 사람은 평생 약자로 살아야 한다.

지금 바로 볼펜을 들어 보자. 내가 싫어하는 것, 싫어하는 상황, 어려운 사람. 하지만 본인에게는 사실 매우 이로운 것들을 적어 보자. 본인에게 솔직할수록 미래는 밝아진다. 그리고 그 리스트들이 많으면 많을수록 발전할 가능성은 높다. 목적을 위한 수단이 즐거울 수 없다는 걸 인지하자.

부딪히는 법을 알면 지금껏 시도하지 못했던 것이 쉬워 보이게 된다. 그렇게 조금씩 강자가 되어 보자. 그리고 적은 것들을 앞으로 어떻게 해결할 것인지까지 생각해 보며 지금 당장 할 수 있는 일을 시작하자. 지금 하지 않으면 당신은 평생 낮은 위치에서 살아야 한다.

SWING POINT

"최근 신생아 집중 치료실에 근무하는 한 간호사가 기저귀 회사에 한 통의 메일을 보냈다는 뉴스를 접했다.

치료실에 있는 아기가 너무 작아 신생아용 기저귀를 잘라서 사용하는데, 몸에 맞지 않아 피부가 쓸리고 배설물을 잘 받지 못한다며 초소형 기저귀를 생산해 주면 어떠냐는 요청이었다. 그 메일을 받은 기저귀 회사는 생산설비를 주기적으로 교체해 초소형 기저귀를 생산하기로 했다고 한다. 간호사의 기지가 발휘되어 미숙아에게 맞는 기저귀가 탄생한 순간이다.

이렇게 불편한 게 있거나, 반드시 해결해야 할 문제가 있다면 망설이지 말고 움직여보자. 지금까지 인류가 발전한 것도 전부 불편함을 해결해서다."

내 주변은
나를 볼 수 있는 거울이다

　　남들의 시선을 의식하지 않는 삶. 멋진 삶이다. 하지만 아무것도 의식하지 않는 것은 멍청한 짓이다. 본인의 평판 정도는 객관적으로 볼 수 있어야 한다. 주변 사람들이 당신을 어떤 존재로 생각하고 있는지 스스로 잘 알고 있는가? 냉철하게 생각해봐야 한다. 주변 사람들에게 받는 신뢰는 미래에 대한 잠재력을 가늠할 수 있는 실제적인 수치다.

당신이 만약 20대 초반이다. 전화 한 통으로 50만 원을 빌릴 수 있는가? 당신이 30대 초반이다. 카톡 하나로 300만 원을 빌릴 수 있는가? 당신이 40대 초반이다. 지인에게 2,000만 원을 바로 빌릴 수 있는가? 돈 얘기하자는 게 아니다. 이 행위로 많은 것이 증명된다는 얘기다. 당신을 신뢰하며 지지해 줄 수 있는 사람이 단 한 명이라도 있다는 건 인생에 있어 많은 부분을 증명해준다. 브랜드가 왜 브랜드인 줄 아는가? 신뢰할 수 있기 때문이다. 당신의 이름 세글자도 하나의 브랜드다. 이를 단숨에 알아볼 수 있는 간단한 예가 바로 돈을 빌리는 행위다.

훌륭한 사업가, 훌륭한 운동선수, 권위 있는 교수의 특징은 바로 높은 신뢰감을 가지고 있다는 것이다. 지금 당신의 상황은 어떤가? 큰돈을 빌려줄 사람이 한 명이라도 있는가? 없어도 전혀 이상한 일이 아니다. 좌절하지 말자. 지금, 이 순간부터 신뢰를 쌓아가는 사람이 되면 된다. 신용은 축적이다. 그러니 한치의 가식 없이 당당하게 인생을 살아라. 신뢰가 구축되면 어디서든 환영받고 새로운 기회들이 생길 것이다.

경험이지만, 당신을 지지해주는 사람은 많으면 많을수록 인생은 술술 풀린다. 브랜드도 충성고객이 많은 브랜드가 잘되고 롱런

한다. 당신 이름에 대한 충성고객을 만들어보자. 몇 년이 걸리든 수십 년이 걸리든 반드시 당신이 거쳐야 하는 과정이다. 오늘부터 하루하루를 신뢰의 축적이라 여기며 최선을 다해 살기를 바란다. 아직 늦지 않았다.

SWING POINT

"신뢰는 한 번 금이 가면 원래대로 복구하기가 굉장히 힘들다. 그만큼 신뢰받는 것은 어려운 일이다. 신뢰를 얻기 위해선 다음과 같은 행동이 필요하다.

1. 말과 행동이 똑같다.
2. 책임감이 강하다.
3. 먼저 솔선수범을 보인다.
4. 공감 능력이 좋다.

인생은 신뢰 게임이다. 신뢰 레벨이 높은 사람이 늘 이긴다는 걸 잊지 마라."

PART. 3

당신이
놓치고 있는
것들

오늘도 과거고
내일도 과거다

어떤 사람이 좋은 아웃풋을 낼까? 방법을 많이 아는 사람들? 경험이 많은 사람들? 공부를 열심히 하는 사람들? 다 틀렸다. 어제도 열심히 살았고 오늘도 열심히 살았고 내일도 열심히 사는 사람이다. 꾸준함의 크기를 유지하고 그 안의 퀄리티를 점점 발전시키는 사람. 사실 인생은 정말 간단하다. 뭐든지 꾸준하면 누구나 고수가 될 수 있고 누구나 부자가 될 수 있다. 올바른 노력이 차곡차곡 쌓이면 자연스레 훌륭한 아웃풋이 나오게 된다. 금방 나오는 아웃풋이 과연 좋은 아웃풋일까? 그건 흉내만 내는 것이다. 오래 쌓인 상태에서 나오는 결과를 쉽게 따라갈 순 없다. 오래 걸린 만큼 결과치 또한 오래간다.

책을 처음으로 한 권을 완독하고 독서에 대해 논하는 사람 보면 어떤가? 운동 한 달 해보고 근육에 대해 논하는 사람 보면 어떤가? 그 사람의 말에 신뢰가 생길까? 책을 매일 10page 분량으로 3년 이상 읽은 사람은 엄청난 내공이 쌓여있다. 헬스장이 아니어도 매일 100개씩 팔굽혀펴기를 3년 이상 계속하고 있는 사람은 운동에 대한 내공이 상당할 것이다. 어떻게 생각하는가? 과거의 하루가 대단하지 보이지 않는가?

명심해라. 항상 일정해야 하며 꾸준해야 한다. 꾸준하지도 못하고 일정량조차 채우지 못한다면 아웃풋이라는 건 존재하지 않는다. 이 글을 읽고도 빠른 아웃풋이 있다고 믿는가? 믿고 싶을 뿐, 믿어서는 안 되는 사실이다. 운동 기간이 짧은 올림픽 대표를 봤는가? 전 세계에 단 한 명도 없다고 자신한다. 짧게 일하고 굉장한 부를 축적한 사람이 있을까? 복권이 아닌 이상 단 한 명도 없다고 자부한다. 다들 굉장한 시간과 노력을 쏟았기 때문에 지금 모습이 있는 것이다. 이미 만들어진 모습과 화려한 모습들만 보고 현혹되지 말자. 당신의 공허함만 커질 뿐이다. 당신의 인생만 초라해질 뿐이다. 어제도 자신에게 떳떳해야 하고 오늘도 떳떳해야 하고 내일도 떳떳해야 한다. 최고의 아웃풋과 생산성은 본인에게 자랑스러운 하루하루를 보내는 것에 있다. 일기 쓰기, 3km 걷기, 방 청소하기, 서점에 가서 책 사기, 헬스장 가기 등 작은 것이라도 좋다. 이 사실을 100% 믿는 순간 당신의 인생은 무한한 잠재력을 가지게 될 것이다.

나 또한 늘 높은 곳만 상상하고 높은 곳에 금방 도착할 것이라 믿고 살았다. 현실에서는 부끄러운 하루하루를 살아가면서 말이다. 그러니 좌절만 늘어가고 현실에서 할 수 있는 것들이 점점 없어졌다. 결국, 하루하루가 나에게 떳떳해야만 큰 꿈에 다다를 수 있다는 것을 깨달았다. 그 뒤로 내 인생은 서서히 변해가고 있다. 나 자신에게 부끄럽지 않은 하루를 보내기 위해 오늘도 사력을 다하고 있다. 쪽팔리지 않게 살자. 믿고 싶은 대로 믿지 말고 믿어야 할 것을 믿자.

SWING POINT

뭐 하나를 꾸준하게 못 하는 사람의 특징이 있다.

1. 운동을 너무 싫어하고 체력이 진짜 약하다.

2. 걱정하느라 시작하지를 못한다.

3. 조금 하다 안되면 바로 자책하며 포기한다.

4. 작은 유혹에도 너무 쉽게 흔들린다.

5. '나는 할 수 있다'보다 '나는 못 해'가 더 지배적이다.

"딱 이거 반대로만 해라. 그럼 된다. 비범함은 꾸준한 사람들만

가질 수 있는 무기다."

아는 척만 하는 사람이 최악이다

　얕은 사람일수록 아는 척이 심하다. 제대로 아는 것이 없으니 생각도 얕은 것이다. 많이 아는 사람일수록 차분할 확률이 높다. 지금 이 글을 읽고 있는 당신은 둘 중 어느 것에 더 가깝다고 생각하는가? 아는 척은 인생을 살면서 도움이 하나도 되지 않는 태도다.

　인간이 아는 척을 하는 경우는 크게 2가지로 볼 수 있다. 어느 집단에 귀속되어 유대감을 쌓고 싶은 마음에 본능적으로 나오는 것. 나머지 한 가지는 상대보다 잘났다는 것을 입으로 증명하고 싶을 때다. 어느 것이 더 나은 것 같나? 내 생각에는 둘 다 좋지 않다고 생각한다. 반대로 한번 생각해 보자. 현명한 사람은 내가 정확하게 알지 못하는 것을 모른다고 인정하거나 조용히 침묵하고 있는다. 누가 더 잃을 것이 많아 보이는가?

나는 초등학교 때 주의가 산만한 학생이었다. 말도 많고 아는 척도 무지 심해 수업 시간에 늘 아는 척하기 바빴고 정답은 대부분 틀렸었다. 나는 공부에 깊이 있는 학생은 아니었다. 그저 촐랑대며 잘난 척만 하고 싶었던 모양이다. 가진 것 없는 사람이 꼭 잘난 척을 하고 싶어 한다. 왜냐, 조바심이 나기 때문이다. 정말 자신 있는 분야에 있는 사람은 조급하지 않기에 침착하다. 그게 진짜다. 당신이 만약 축구선수 생활을 10년 동안 했다고 하자. 어느 날 친구들이 축구 얘기로 누가 더 잘하냐 못하냐를 가릴 때 당신은 조용히 하고 있을 확률이 높다. 진짜 고수는 자신의 분야에 조용히 실력 발휘를 하기 마련이다. 실력은 없는데 잘하고 싶은 마음이 굴뚝 같은 친구들이 결국 입으로 축구 실력을 내세운다. 이제 이해가 되는가?

어디 가서 조금 해봤다고, 지인들이 하는 얘기 조금 듣고 다른 곳 가서 확신에 차 있는 듯 얘기하지 말자. 정말 못난 사람들이나 하는 행동이다. 입이 가볍고 머리도 가벼운 사람들이 자신의 약점을 숨기기 위해 아는 척을 많이 한다. 그간 내 행실이 어땠는지 잘 생각해보길 바란다. 과거에 본인이 그렇게 살았더라도 부끄러워하지 말자. 나도 그랬던 사람이고 그런 과거가 있기에 더 나은 미래를 만들 수 있었다.

　모르는 것이 죄는 아니다.
　하지만 모르면서 아는 척하는 것은 죄다.

SWING POINT

B ●●●
S ●●
O ●●

"잘 모르는 것에 대해 대화하다 틀리면 지적받고 수용하면 되는 걸 굳이 아는 척을 해서 더 큰 망신을 당하거나 더 큰 화를 부르는 경우를 수도 없이 봤다. 가만히 있으면 중간이라도 간다. 그 중간도 아무나 할 수 있는 자리가 아니다."

당신이 생각하는 것처럼
만만하지 않다

부자들이 넘쳐나는 세상이다. 더 정확히 말하면 부자인 것 같은 사람들이 너무나도 많이 보인다. 나만 가난한 것 같고 나만 못난 것 같은 느낌 즉, 상대적 박탈감을 더 쉽게 느끼는 사람이 많은 요즘, 미디어의 발달로 인해 우린 타인의 성공에 자주 노출되고 있다. 그런데 너도나도 부자라고 하니 세상이 만만해 보일 때도 있다. 나도 조금만 노력하면 성공할 수 있을 것 같고 쉽게 돈을 버는 일이 가까이 있을 것 같은 느낌이 드는 거다. 이게 정말 위험한 생각이다.

적어도 내가 겪어온 세상은 정말 만만하지 않았다. 특히 성공은 더더욱 만만하지 않다. 단순하게 생각하자. 세상이 만만하고 성공이 쉬웠다면 왜 전 세계의 가장 큰 부를 1%들이 다 갖고 있을까? 그것은 아무나 할 수 있는 일이 아니기 때문이다.

공부를 2~3년 단기간 열심히 한다고 해서 서울대를 갈 수 있을까? 기본기를 쌓고 꾸준히 공부한 사람들만이 갈 수 있는 곳이 바로 서울대. 의사 전문의 자격증을 공부를 아무리 열심히 한다고 해도 단기간에 취득할 수 있을까? 정해진 절차와 순서가 있고 시험에 합격도 해야 한다. 인생과 성공은 이와 같다. 서울대 또는 의사가 되는 것이 만만해 보이나? 성공도 똑같다. 물론 여기서 말하는 성공은 본인 기준의 성공이 아닌 객관적인 사회적 성공이다. 그렇다고 특별한 사람들만이 할 수 있는 것인가? 아니다. 누구나 꾸준히 도전하고 실행한다면 쟁취할 수 있다. 다만 애들 소꿉장난처럼 쉽게 보지 말라는 것이다. 만만하게 보고 달려들었다가 좌절감만 커져 다시는 도전하지 못할 수도 있다. 그렇기에 쉬운 일은 없다는 것을 인지해야 한다. 여러 시도를 해야 하고 실패에서 오는 시행착오를 통해 내면의 근육을 만들어야 한다.

우리가 축구 시합을 하는데, 정말 만만하게 생각했던 팀에게 졌다고 가정해 보자. 잘하는 팀에게 진 것과 좌절감의 차이가 너무나도 다르지 않을까? 늘 만만하게 보는 사람이 손해다. 이 세상에 쉬운 것은 아무것도 없다. 친구도 가족도 동료도 회사도 사회도 인생도 말이다. 그렇다고 자신감을 갖지 말자는 얘기가 아니다. 그만큼 나 자신을 더 단단하게 만들고 실력을 지속해서 점검하고 발전해 나가야만 한다는 말을 하고 싶은 것이다. 쉽게 볼수록 실패 확률은 커진다.

과거, 떡볶이 장사를 정말 열심히 할 때 다행히 운도 따라줘서 돈을 잘 벌었다. 프랜차이즈 사업도 별다른 노력이 없었는데 지점들이 늘어났던 시기가 있었다. 나에겐 그런 과정이 오히려 독이었다. 물론 그 독이 있었기에 단단한 사람이 되었지만, 그때 당시에는 매우 오만한 생각을 했었다.

'인생 별거 없구나? 돈도 쉽게 벌리고 이대로 쭉 가면 내 인생은 이제 탄탄대로다.' 나에게도 이런 멍청한 시절이 있었다. 그 오만함으로 인해 축배는 오래가지 못했고 얼마 가지 않아 쓴 고배를 마시게 되었다. 그 뒤로 다시 정상 궤도를 찾고 성장 그래프를 만들기까지 정말 피나는 노력을 했다. 굳이 겪지 않아도 될 일은 겪지 않는 것이 좋다. 그러니 늘 만만해도 만만하게 보지 않는 습관을 기르길 바란다. 겸손함은 성공하는 자의 기본적인 덕목이다.

SWING POINT

B ●●●
S ●●●
O ●● ○○

"미국 소설가 마크 트웨인은 이런 말을 남겼다.

'허영에는 정도의 차이가 없다. 오직 그 허영을 감추는 능력에 차이가 있을 뿐이다.'

재력과 명예가 생기면 과시하고 싶은 게 인간의 욕구다.
하지만 진짜는 항상 음지에 있다."

SNS 속 부자와
실제 부자는 같을까?

　나는 화려해 보이는 사람들을 많이 만나 봤다. 인플루언서, 진짜 부자, 가짜 부자 등 말이다. 3억이 넘는 자동차를 타고 다닌다. 과연 다 부자일까? 매일 비싼 음식을 먹으러 다닌다. 진짜 부자일까? 아니라고 내가 장담한다. 그중 진짜 부자는 역시 소수다. SNS상에서 부자처럼 보이는 사람은 돈을 이제 막 벌기 시작해서 과시욕에 젖은 사람, 많은 사람을 유혹해서 부자가 되려는 사람, 그리고 진짜 부자로 나누어져 있다. 여기서 진짜 부자들의 비율이 얼마나 될까?

일단 진짜 부자들이 SNS를 많이 할까? 하더라도 많은 노출을 할까? 진짜의 세계는 고요하다. 요란한 법이 없다. 물론 시대가 많이 변해 진짜 부자들도 간혹 자기 PR을 하는 추세긴 하나 역시 그들 또한 엄청난 소수에 불과하다. 즉, 진짜들의 모습은 우리가 아직 제대로 보지 못했다. 롤스로이스를 탄다고 다 부자라고 생각하는가? 페라리를 탄다고 자산이 엄청 많다고 생각하는가? 실제로 그렇지 않다. 아닌 것 같다고? 당신이 벌어보지 못했고 타보지 못했기 때문이다. 생각보다 사람들은 진짜 부자가 되고 싶은 것이 아니라 부자처럼 보이기를 바라는 경우가 많다. 그리고 그 욕구에 정말 많은 시간과 돈을 버린다. 부자처럼 보이는데 많은 시간과 돈을 쓰고 있는데 부자가 될 수 있을까? 그럼 부자라는 것은 무엇일까? 2023년 기준, 최소 100억 이상의 자산이 있어야 부자라고 할 수 있다. 물론 돈의 액수가 꼭 부자의 척도는 아니지만 자본주의 사회에서 부자라고 불리려면 최소 100억 이상의 자산을 보유하고 있어야 한다.

부자인 척을 하느라 시간과 돈을 마구잡이로 쏟는 사람들의 자산이 어떻게 늘어날까? 내가 일해서 버는 근로소득으로 100억의 자산가가 될 수 있을까? 월에 1,000만 원씩 저금한다고 해도 83년이 걸린다. 23년 기준으로 월에 1,000원씩 83년 벌 수 있는 직업이 있나? 없다. 부자처럼 보이는 것이 다가 아니다. 화려해 보인다고 부자가 아니다. 돈의 가치에 관해 공부해야만 부자가 될 수 있다. 진짜 부자가 되는 데에는 짧게는 5년 길게는 20년 이상이 걸린다. SNS 세계에 속아 인생을 낭비하고 돈을 낭비하는 사람들이 너무나도 많다. 평생 사각형 속의 인생을 살 것인지, 내 인생을 진짜로 만들어 갈 것인지는 지금 정할 수 있다.

간단하다. 이 책을 덮고 진지하게 생각하길 바란다. 매일 오마카세를 사 먹을 수 있고 명품을 쉽게 살 수 있어야 부자라고 생각하는가? 조금 더 현명한 생각을 할 수 있으면 내가 세울 수 있는 목표가 달라진다. 부디 허상에서 벗어나기를 바란다. 껍데기보다는 가치를 좇아야 한다.

SWING POINT

"진짜 부자가 아닌데 부자처럼 보여 봤자 똥파리만 꼬이게 되어 있다. 가랑이 찢어지며 부자인 척하는 인간이 제일 멍청하다."

성공할 수 있는
가장 현실적인 방법

성공에도 진짜 방법이 있다. 그 방법을 아주 간단하게 알려주겠다. 먼저 잘못된 신념으로 인해 내가 말하는 것을 부정하는 일이 없도록 지금부터 머리와 마음을 비우기를 바란다. 매번 말하지만, 단숨에 성공을 거머쥐고 그것을 오래 유지하는 사람은 극히 드물다. 내가 말하는 성공은 10~20년이 지나도 재정적인 면에서 큰 위기가 오지 않는 것을 말한다.

사회에서 평균적으로 말하는 진짜 부자의 기준은 100억이다. 100억을 1~2년 안에 벌 수 있는 사람이 과연 있을까? 있다고 한들 그 기준을 본인에게 적용하며 사는 것이 과연 성공으로 갈 수 있는 길이라고 생각하는가? 인생 한 방 주의는 반드시 패배한다. 이게 세상 진리다.

내가 하고 싶은 말은 한길을 꾸준히 걷자는 것이다. 여러 길을 걸어서 성공한 사람 봤나? 스포츠 스타 중 여러 종목으로 성공한 사람을 봤나? 모두 한 분야에서 탑이 되고 나서 다른 분야에 도전하는 것일 뿐 위대한 성과를 거둔 사람의 대부분은 한 길을 꾸준히 걸어왔다는 공통점이 있다. 한 길을 오래 걸어 본 사람들만 알 수 있는 통찰과 깨달음은 돈으로도 절대 살 수 없고 경쟁 사회에 대항할 수 있는 강력한 무기다. 왜? 대부분 사람은 꾸준히 한 길을 걷지 못하니 말이다. 그래서 진짜 부자가 늘 소수인 법이다.

혹시 지치는가? 꾸준함이 없다면 성공하지 못한다. 꾸준함이 없다면 큰돈을 단숨에 벌었다고 해도 유지하지 못한다. 투자와 돈의 가치에 대해 꾸준히 공부하지 않는다면 언제 잃을지 모른다. 꾸준히 한 분야에 몰두하면 자연스레 돈이 따라오게 돼 있다. 꾸준함을 통해 돈 버는 법을 제대로 터득 한 사람은 넘어져도 다시 재기할 수 있다. 영어를 잘하고 싶다. 꾸준함 없이 가능한가? 몸짱이 되고 싶다. 꾸준함 없이 가능한가? 승진을 하고 싶다. 꾸준함 없이 가능한가? 내 말이 틀린 것 같은가? 단지 이 말을 믿기 싫을 뿐이다. 지금이라도 신념을 바꿔 어떻게 하면 인내력을 기를 수 있을지 깊게 생각해 보기를 바란다. 나를 잘 알고 있다면 오래 할 수 있는 것을 이미 잘 알고 있을 것이다. 잘 떠오르지 않는다면 지난 과거를 더듬어보자. 당신도 꾸준히 할 수 있는 것이 분명 있다.

꾸준함은 특별함보다 더 어려운 요소다. 남달라서가 아니라 꾸준함으로 특별한 존재가 될 수 있다는 걸 기억하라. 한 분야에 전문가나 장인이 되면 알아서 사람들이 당신을 찾게 될 것이다.

SWING POINT

"쉬운 성공은 쉽게 없어진다. 쉽게 올라갔다면 누구나 올라갈 수 있는 곳에 있는 것이다. 그러니 SNS 속의 사람들을 찬양하며 쉽게 돈을 벌 방법만 찾아다니지 말고 열과 성을 다할 수 있는 일을 찾아내라. 기회가 없다고 원망하지 말고 과정에 기쁨을 느껴라."

진짜 실패를
해본 적 있다고 생각하는가?

"실패했다."

이런 말을 해본 적 있는가? 이런 감정에 무너져본 적 있는가? 그렇다면 실패를 뭐라고 생각하는가? 실패하면 다시는 도전하지 말아야 함. 실패는 두려움을 더 크게 만듦. 실패는 트라우마. 같은 말로 정의하고 있는가? 그런 신념을 갖고 있다면 과연 누구 손해일까?

나는 실패하면 다음과 같이 생각한다.

'다음번에 성공할 확률이 더 높아지겠구나.'

'단숨에 성공을 기대한 내가 어리석었지.'

'포기하는 순간 실패고 계속 도전하면 과정이니까.'

실패를 계단으로 삼는 마인드는 내 머릿속 깊숙이 박혀있다. 실패는 했다기보다는 경험해 봤다고 말하는 게 맞다.

"다음에는 더 탄탄하게 준비해야지!"

실패로 인해 누군가는 좌절을 택하고, 누군가는 발전을 택한다. 선택의 문제다. 자, 그 실패는 과연 누구 때문에 일어난 걸까? 당신 때문에 실패한 것이고 당신이 부족했기 때문에 그런 결과가 나온 것이다. 그런데 좌절만 하면 무슨 의미가 있을까? 내가 무엇을 잘못했고, 어떤 것을 놓쳤는지 돌아보는 것이 당연한 게 아닌가? 물론 속상하고 슬프고 두려움이 생긴다는 것도 안다. 하지만 그 감정을 컨트롤하지 못하면 성공이든 발전이든 그 어느 것도 할 수 없다. 내가 말하는 것이 너무 재수 없게 느껴지는가? 상관없다. 나를 욕해도 좋으니 정말 냉정하게 생각해 보길 바란다. 두려워하지 말고 얼른 작은 실패라도 느껴봐라. 실패의 생채기로 굳은살이 생겨야 큰 시련도 버틸 수도 있다. 실패를 많이 느껴본 사람이 훨씬 더 크게 성장하는 건 순리며 실패를 많이 해본 사람의 그릇이 훨씬 더 큰 것 또한 마찬가지다.

위기 대처 능력이 좋은 사람은 누구일까? 많이 넘어져 본 사람이다. 좋은 예를 하나 들어주겠다. 우리가 웨이트 트레이닝을 해서 많은 근육을 얻으려면 '중력'을 이겨 내야 한다. 내 한계보다 더 무거운 무게 그리고 횟수 마지막으로는 기간이 중요하다. 이것이 삼박자를 이룰 때 근육은 한층 더 강해진다. 이것을 인생에 대입해보면 중력은 실패로 가정할 수 있다. 실패를 많이 이겨 내고 큰 시련을 이겨 내면 그 누구보다 탄탄한 인생을 살 수 있다. 작은 불행에는 손가락 하나 까닥하지 않기 때문이다. 이 글을 읽고도 아직 실패를 부정적으로 바라보는가? 그렇다면 인생을 너무 쉽게 살려고 하지 않았는지 본인과 대화해 보기를 바란다. 만약, 실패가 두려워 도망갔던 기억이 있다면 더는 도망치지 말자. 내가 바라는 인생을 살기 위해선 실패는 피해 갈 수 없는 존재다.

SWING POINT

"발명왕 토마스 A. 에디슨은 전구를 발명할 때까지 수천 번 이상 실패를 거듭했다. 이런 그가 남긴 말이 있다.

'많은 인생의 실패자들은 포기할 때 자신이 성공에서 얼마나 가까이 있었는지 모른다.'   -토마슨 A. 에디슨

자, 알겠는가?
당신이 하는 실패는 그리 치명적이지 않다."

부자들은 과연
출/퇴근을 꾸준히 할까?

　　생각보다 많은 사람이 부자와 사장은 출근을 잘 하지 않는다는 개념을 무의식 속에 갖고 있다. 진짜 부자 중 출근하지 않는 사람도 실제로 있지만, 그들은 엑시트를 했거나 잠시 쉬고 있거나 은퇴했을 경우다. 이들은 실제 극소수다. 그런데 부자가 되지 않았음에도 착각 속에 빠져 근태가 망가진 사람이 많다. 나도 그랬었다. 돈이 어느 정도 벌리니 그 수입이 계속될 것 같았고, 운영하는 회사는 저절로 커지는 줄 알았고 직원들이 일을 잘하고 있으니 모든 것이 다 잘 될 줄 알았다. 정말 큰 오산이었다. 누구나 빠질 수 있는 함정에 빠진 것이었다.

그때 당시에는 시스템이 다 잡혀있어 내가 없어도 돌아간다는 말을 입에 달고 살았다. 시스템은 입에서 함부로 꺼내지 말자. 시스템으로 돈을 번다? 틀린 말은 아니지만, 시스템이 필요할 때와 필요 없을 때를 정확히 구분해야 한다. 시스템이라는 것을 통해 규모를 키우는 것이 아니라 규모가 커졌을 때 시스템이 필요한 것이다. 규모가 작을 때는 직원이든 사장이든 중간관리자든 너나 할 것 없이 총력전을 펼쳐야 한다. 그런데 출퇴근을 꾸준히 하지 않고 규모를 크게 키울 수 있다고 생각하나? 처음 하는 사업에 그렇게 할 수 있는 사람이 정말 있다고 생각하는가? 믿고 싶은 대로 믿고 살지 말자. 로또 같은 확률을 기대하고 살지 말자. 인생만 불행해진다.

내가 믿어야 할 것을 정확하게 알려 주겠다. 평생 먹고살아야 하고, 주변에 챙겨야 할 사람이 있다면 높은 책임감으로 사력을 다해야 한다. 직원보다 출퇴근을 더 열심히 해야 하고 더 높은 사명감으로 일해도 모자랄 판에 출근도 제대로 하지 않으면서 부자가 될 수 있다고? 그런 멍청한 생각은 좀 버렸으면 좋겠다. '내가 정말 없어도 되겠구나'라는 확신이 들기 전까지는 그 누구보다 열심히 살아야 한다.

그리고 더 중요한 사실이 있다. 돈이 많든 없든 본인 만의 규율 속에 살아가는 사람들이 진짜 행복한 인생을 산다. 돈이 정말 많음에도 규칙적으로 꾸준한 출퇴근을 추구하는 사람들도 많다. 그들은 돈, 명성, 자신의 신뢰도가 어떻게 했을 때 유지되고 높아지는지 잘 알기 때문에 단순히 돈을 많이 가지고 있다고 해서 인생을 쉽게 내려놓지 않는다.

운동선수들은 은퇴 후 우울증에 시달리는 경우가 제법 많다. 많은 명성과 부를 얻고 매일 규칙적인 스케줄과 훈련 등 똑같은 규율 속에 살았는데 그런 것에서 벗어나니 무기력을 동반한 우울증이 찾아오는 것이다. 출퇴근이 없는 것이 꼭 좋은 인생은 아니다. 나 또한 내가 운영하는 회사가 성장하더라도 꾸준히 역할을 찾을 것이며 나만의 규율 속에 움직이며 지속 가치가 있는 사람이 될 것이다. 그 생산성을 바탕으로 선한 영향력, 공헌, 헌신 등을 꾸준히 만들어 나갈 것이다. 이게 진짜 성공한 삶이라고 생각한다. 그리고 실제로도 주변 사람 중 열심히 일하는 부자들이 훨씬 더 행복해 보인다. 돈에 비례하는 정체성 또는 역할이 꼭 있어야만 한다. 놀고먹는 것 단순히 시간이 많은 것은 진짜 부자가 아니다. 다시 한번 성공에 대해 생각해봤으면 좋겠다. 본인의 재산과 본인의 존재(역할)가 영원할 때 우리가 꿈꾸는 행복한 인생을 살 수 있다.

SWING POINT

B ●●●
S ●●
O ●●

"단순히 돈을 버는 행위가 아닌 가치 있는 일을 하며 하루를 성실히 보내는 것만큼 행복한 것도 없다. 타고난 실력도 중요하지만, 근면 성실함을 중요시하라. 부자는 덜 일하는 사람이 아닌 더 많이 일하는 사람이다."

여유 있는 삶을
진짜 원한다면

여유 있는 삶을 살고 싶나?

사람들은 '여유가 있었으면 좋겠다'라는 말을 입에 달고 산다. 시간적 여유, 재정적 여유, 관계적 여유 등등 모든 부분에 있어 여유를 원한다. 그런데 그 여유는 도대체 언제 생기는 것일까? 평생 생기기는 하는 것일까? 이게 일반적인 사고다. 이렇게 생각을 하니까 평생 여유를 느낄 수 없는 것이다. 여유라는 것은 절대 저절로 생기지 않는다. 모든 여유는 스스로 만들어 내는 것이다.

시간적 여유?

시간이 많아서 하고 싶은 것을 다 하는 사람 봤나? 시간이 많아서 하는 것이 아니라 아무리 바빠도 시간을 내서 본인이 하고 싶은 것 또는 해야만 하는 일을 하는 것이다. 즉, 시간적 여유는 본인이 시간을 얼마나 잘 관리하냐에 따라 만들 수 있다. 백수가 운동을 열심히 다니나? 백수들이 시간 약속을 더 잘 지키나? 백수들이 시간을 더 아껴서 효율적으로 쓰는 것 봤는가? 사회적 역할이 분명하고 본인의 시간이 소중한 사람들이 여유가 훨씬 많다. 그들은 늘 남에게 시간을 뺏기지 않으며, 본인이 시간을 자유자재로 제어한다.

재정적 여유는?

돈을 많이 벌어서 돈에 여유가 있다고 생각하나? 진짜 아니다. 정말 아니다. 많이 번다고 해서 돈의 여유가 있을 것이라는 생각은 당신이 지금보다 많은 돈을 벌어 보지 못했기 때문이다. 200만 원을 버는 사람이 늘 돈에 여유가 없다고 가정하자. 그 사람은 1,000만 원을 벌어도 늘 여유가 없을 것이다. 1,000만 원 벌었을 때 여유가 없던 사람은 5,000만 원을 벌어도 여유가 없을 것이다. 이해가 안

될 수도 있지만, 돈은 얼마나 버는 것보단 어떻게 관리하고 어떻게 생각하는지가 더 중요하다. 돈을 다루는 태도는 돈 액수가 변한다고 해도 변하지 않는다. 소비의 성향과 돈을 관리하는 태도는 늘 똑같아 부단한 노력 없이는 재정적 여유를 갖기는 힘들다. 돈의 가치에 대해 공부했을 때 더 많이 번다면 그때 비로소 재정적 여유를 느낄 수 있다. 단숨에 많이 번다고 재정적 여유가 단숨에 생길 수 없다. 아주 잠깐 그럴 수 있겠지만 결과적으로는 심리적으로 안정을 느껴야 한다. 수년간 노력 끝에 바뀐 관리법이 있다면 당신도 재정적 여유를 느낄 수 있다.

관계적인 여유는 어디서 올까?

내가 얼마나 주체적으로 살고 있는지에서 나온다. 시간이 많고 돈이 많다고 관계적인 여유가 생기나? 있을 리 만무하다. 돈과 시간이 없어도 얼마든지 관계적인 여유를 누구나 찾을 수 있다. 돈, 시간 핑계 그만 대자. 내 인생이 소중하고 내 미래가 소중한 사람들은 남에게 시간을 뺏기지 않으며 끌려다니지 않는다. 나를 아끼지 않는 사람은 이기적인 사람들 앞에서 갈피를 잡지 못하기 때문에 불안함만 느낀다. 관계적 여유는 자기애로부터 나와야 한다.

결국, 앞서 말한 모든 것은 본인이 컨트롤할 수 있냐 없냐의 문제다. 그러나 사람들은 모두 다른 곳에서 이유를 찾으려고 한다. 재차 말하지만, 여유는 본인이 만들어내는 것이다. 그것이 돈이든 시간이든 관계든 본인이 어떻게 하느냐에 따라 모든 결과는 달라진다. 인생이 숨 막히고 퍽퍽하면 지금부터 관점을 다르게 해 보기를 바란다. 무엇이든 마음먹기에 달렸다.

SWING POINT

"장 자크 루소는 여유는 인간이 참된 인간으로 발전할 수 있는 근본적인 조건이라 말했다.

돈이 없어서, 시간이 없어서, 여건이 안 돼서라며 둘러대면 평생 여유를 만끽하지 못한 채 살아갈 것이다. 여유도 외모를 관리하는 것처럼 틈틈이 관리해야만 누릴 수 있다."

PART. 4

껍데기는 가고 알멩이만 남는다

보이는 것만 믿는
바보 같은 인간

　　보이지 않는 것을 잘 보는 능력이 있어야 인생을 잘살게 된다. 하지만 대부분 사람은 보이는 것만 믿고 사람을 판단한다. 이게 나쁘다는 것이 아니다. 우리가 더 잘 살기 위해서는 보이는 걸 곧이곧대로 믿지 않아야 한다는 말을 하고 싶다. 약간의 시간을 두고 판단할 수 있는 근거를 많이 쌓아야 한다. 그래야 실수를 줄이는 통찰력을 가질 수 있다.

좋은 차 좋은 옷 입고 다니는 사람들이 다 부자처럼 보이는가? 매일 웃고 있는 사람이 행복해 보이는가? 세상은 실제로 그렇지 않다. 그들을 비하하는 것이 아니다. 그런 것을 이용해 주변의 신뢰를 사고 척하는 사람들이 너무 많아서 하는 말이다. 우리 또한 비싼 차와 비싼 옷을 입고 다니면 한층 높아진 자신감과 스스로가 부자인 것 같은 착각을 하게 될 것이다. 나는 그 감정을 좋은 감정이라 보지 않는다. 중독될 수 있는 감정이기 때문이다. 진짜 부자가 되어 진짜 부자 대우를 받아야 하지 않겠는가? 그런데 진짜 부자도 아닌데 부자 행색을 하고 그 느낌에 중독되면 인생이 어떻게 될까? 아마 겉을 꾸미는 것에만 노력하게 될 것이다. 자기 기준보다 높은 외제 차를 사는 데까지만 노력할 것이다. 그리고 그것을 유지하기 위해 온 에너지를 쏟을 것이다.

진짜 부자가 될 수 있겠는가? 조금 더 멀리 봐야 하고 조금 더 깊게 봐야 한다. 이게 내가 말하는 통찰력이다. 당장 근사한 삶을 살려고 해서도 안 되고 당장 멋있어 보이는 사람을 부러워하되, 그 사람에게 어떤 과정이 있었고 어떤 노력을 해 왔는지를 멀리서 지켜볼 수 있어야 한다. 진짜 성공한 사람들에게는 '긴 이야기'가 있다. 짧은 시간 노력해서 얻을 수 있는 것은 늘 가치가 낮다. 그게 사람이든 물건이든 명성이든 말이다.

비싼 차와 비싼 옷 그리고 비싼 음식은 누구나 좋아한다. 하지만 이런 것들을 진정 평생 누리고 싶은지 지금 잠깐 누리고 싶은지를 잘 생각해야 한다. 그러려면 보이는 그대로 세상을 보지 말고 보이는 그대로 믿어서는 안 된다. 굉장히 어려운 말일 수 있겠으나 이것이 사실이다. 뭐든 더 깊게 보고 한 번 더 생각하는 훈련을 지금부터라도 꼭 하기를 바란다. 딱 그 노력만큼 분명 많은 게 보일 것이다. 그럼 선택지가 많아지고 해야 할 일도 명확해진다. 나도 깨달은 지 오래되지 않은 사실이다. 당신은 나보다 훨씬 더 빨리 깨달을 수 있다.

SWING POINT

B ●●●
S ●●
O ●●

"보이는 게 다가 아니라는 어른들의 말은 하나도 틀린 게 없다. 세상은 보이는 대로 있지 않다. 속지 말자. 존재하는 것처럼 보이지만 그렇지 않다. 당신도 마찬가지, 내면을 키우면 자연스레 아우라가 뿜어져 나오니 껍데기만 남은 인간이 되지 말자."

장사와 사업이
우리 인생을 변하게 해줄까?

우리나라 사람들이 항상 입에 달고 사는 말이 있다.

'나도 퇴사하고 내 사업해야 하는데'
'언제까지 남의 돈 벌어다 줄 거야?'

본인 장사 및 사업을 해야 한다는 강박에 사로잡혀 있어 내가 일하는 것이 남을 위하는 거라고 착각하는 사람이 많다. 당신은 지금 남을 위해서 일하고 있나? 월급을 받는 본인을 위해 일하고 있는 것이 아닌가? 쓸데없는 피해망상에 사로잡혀 이상한 말을 하는 사람이 많다. 그리고 본인의 능력을 최대치로 쓰지 않는 사람들도 무수히 많다. 본인의 일을 하게 된다면 다 쏟을 것이라며 말이다. 그런 사람은 자기 일을 한다고 해도 능력을 다 쏟지 못한다. 다들 큰 착각에 빠져 있다. 이해하기 쉽게 확실히 답을 얘기해 주겠다.

장사나 사업이라는 수단이 우리 인생을 드라마틱하게 바꿔주지 못한다. 그런 생각으로 뛰어들었다가는 인생만 더 힘들어질 것이다. 일단 삶을 대하는 태도가 변해야 인생이 변한다. 장사 시작했다고 사업 시작했다고 인생이 나아질 리가 없다는 말이다. 회사 다닐 때 일도 그저 그렇게 하고 딱 남들 하는 만큼만 했던 사람이 사업에 뛰어들었다고 인생이 180도 바뀌겠는가. 회사에서 일하는 태도와 결과가 좋았던 사람들이 장사와 사업에서 늘 우위를 점한다. 직장에서 대충 일하며 월급 루팡이었던 사람은 사업을 하게 된다고 해도 모든 실패를 세상 탓, 남 탓, 시기 탓하기 바쁘다. 남의 돈 쓰는 것을 보면 그 사람의 인격을 알 수 있다는 말 들어 봤는가? 일이라는 것도 일맥상통한다. 남 밑에서 일을 잘하지 못했던 사람은 본인이 주가 된다고 해서 달라지지 않는다. 주어진 일에 최선을 다하는 사람이 다른 환경에서도 늘 빛을 발휘하기 마련이다.

사업이 도피처가 되면 인생은 불행해질 것이다. 도전하더라도 가벼운 마음으로 한다면 인생이 더욱 불행해질 것이라고 확신한다. 사업은 직장보다 더 난이도가 높은 영역이다. 인생을 정말 바꾸고 싶다면 일이 아니라 내가 먼저 변해야 한다. 내가 먼저 올바른 생각을 하고 올바른 사람이 되어야만 올바른 사업이 나올 수가 있고 올바른 돈이 올 수 있다. 그렇지 못하면 평생 허덕이는 인생을 살게 되는 것이다. 주변을 둘러보자 이 글을 읽고 나서는 욕망에 허덕이는 사람들이 몇몇 눈에 보일 것이다. 당신은 그런 사람이 되면 안 된다.

나 또한 10년간 떡볶이를 팔면서 느낀 건 결과가 좋았을 때는 내가 정말 열심히 했을 때라는 거다. 실패와 불운이 닥쳤을 때는 내가 나태하고 자만을 품고 있었을 때다. 쉽게 생각하는 만큼 좋은 결과가 나올 리 없다. 모든 결과는 결국, 내 마음가짐과 태도에서부터 나온다.

책 읽기를 잠시 멈추고 10분 동안 본인이 어떤 생각으로 인생을 살아왔고 앞으로는 어떤 태도로 자신의 인생을 대할 것이지 진지하게 생각해 보자. 짧더라도 상관없다. 자주 이 주제를 떠올려라. 만약 생각이 정리되면 반드시 메모장에 느낀 점을 적어놓기를 바란다. 그게 어긋난 인생의 궤도를 다시 맞춰줄 것이다.

SWING POINT

"자영업의 자(自)는 '스스로 자'의 의미를 담고 있다. 쉽게 말해 내가 하는 영업이다. 그런데 뭐 하나 스스로 제대로 하지 못하고 불평만 하는 사람이 장사나 사업을 한다고 해서 과연 대성을 이룰 수 있을까? 절대 안 된다고 확신한다. 쉽게 보는 사람은 100% 실패한다."

무시당하고 얼굴이 빨개진 경험은
최고의 보물이다

　누군가에게 무시당하고 모멸감을 느껴본 적 있는가? 얼굴이 빨개지면서 부끄러워지고 시간이 지날수록 분노가 치밀어 오르는 경험 말이다. 그런 순간에 단순히 주먹만 쥐거나 생각하기 싫어 회피하려 한다면 우린 도태될 수밖에 없다. 나는 그 순간을 정면 돌파해야 한다고 생각한다. 이 말인즉슨, 내가 왜 그 사람에게 그런 소리를 들었고, 그런 소리를 듣지 않으려면 어떻게 해야 하는지를 냉철하게 돌아보아야 한다는 말이다.

이 작업을 거치지 않으면 상대에게 또 그런 소리를 들을 것이며, 죄도 없는데 그 사람을 피하게 될 것이다. 왜 피해 다녀야 하는가? 정말 죄를 지었나? 너무 억울하지 않은가? 물론 그 사람이 그릇된 사람이라면 피해야 하지만 본인이 듣기 싫은 소리를 했다는 이유만으로 피해야 하는 이유는 없다. 사실에 기반해 받아들일 건 받아들이고 본인이 나아질 수 있는 쪽으로 개선하는 것이 옳은 방향이다. 그렇게 되면 결국 누가 이득일까? 자존심을 내려놓고 자기 피드백을 한 사람이 100% 이득이라 확신한다. 모멸감을 줬던 상대는 당신의 모습을 보며 놀랄 수도 있고 인간으로서의 신뢰를 느낄 수도 있다. 이런 싸이클을 본인의 의지로 한 번 만들게 되면 비슷한 상황이 와도 당황하지 않을 것이며 자신만의 스킬로 불편한 상황을 쉽게 헤쳐 나갈 것이다.

당신은 무시받는 것이 꼭 나쁘다고 생각하는가? 나는 가끔 이런 생각도 한다.

'무시가 필요한 상황인데?'

'누가 나에게 매섭게 뭐라 했으면 좋겠는데.'

'더 대단한 사람을 만나서 자극 좀 받아야겠다!'

이게 아니면 과거의 고통스러운 경험을 상기하기도 한다. 내가

모멸감을 느꼈을 때를 곱씹으며 스스로 위기의식을 형성해 나태함을
파괴하는 거다.

결국, 이런 감정을 어떻게 생각하고 사용하느냐에 따라 인생은
많이 달라진다. 늘 좋은 말만 듣는 것은 독이 될 수 있다. 모멸감을
느꼈던 순간이 있다면 그걸 변화의 도약으로 삼길 바란다. 쪽팔리는
순간도 있어야 느슨해지지 않는다.

SWING POINT

"꼭 모멸감이 아니어도 좋다. 자격지심도 충분히 당신을 움직이게 하는 원동력이 될 수 있다. 남보다 못나고 남보다 부족한 것 같다며 분노를 표하는 사람은 늘 패배한다. 쪽팔린다고 도망치지 마라. 인간은 누구나 실수를 한다. 혼자만 도태된다고 해서 짐을 쌀 필요도 없다. 오히려 그 분노를 발전으로 승화시키는 사람이 승리한다."

양아치 눈에는
양아치만 보인다

　'아는 만큼 보인다.'이런 말을 수도 없이 들어보지 않았나? 대부분 사람은 남을 평가하려고 한다. 그러나 그 평가는 대게 본인이 아는 선에서 평가된다. 무슨 말이냐면 본인의 그릇은 소스만 담을 수 있는 종지 그릇이고 평가 대상은 국물까지 담을 수 있는 그릇인데, 마치 본인과 똑같거나 본인보다 못한 그릇을 가지고 있으리라 판단하고 깎아내리는 것이다.

자존감이 낮고 못난 사람일수록 편협한 사고를 한다. 그들은 남을 내리깎는 말을 쉽게 내뱉는다. 하지만 잘난 사람은 가능성을 열어두고 사고한다. 못난 사람은 평가할 수 있는 범위가 1에서 10이다. 잘난 사람 1에서 100까지의 가능성을 열어둔다. 왜 A의 눈에는 A만 보이는지 이해가 되는가? 자신이 보고 싶은 대로 보지 않는 훈련을 해야 한다. 넓은 시야가 있는 사람과 없는 사람의 차이는 정말 크다. 중요한 건 시간이 지날수록 인생이 극명하게 달라지는 것이다.

우물 안 개구리라고 들어봤나? 정작 우물 안에 있는 개구리는 본인이 우물 안에 있는지 모른다. 이게 진짜 무서운 거다. 자신을 객관적으로 보는 사람만이 남 또한 객관적으로 바라볼 수 있다. 시야를 넓히는 훈련은 간단하다. 남을 평가하듯이 나를 평가해보자. 본인에게 정말 솔직해져 보자. 장단점 리스트를 지금 당장 아래 칸에 서슴없이 써 내려가 보자. 거짓 없이 써야 하는 것이 포인트다. 즉시 실행해 보기를 바란다.

\<장점\>

_____

_____

_____

_____

_____

\<단점\>

_____

_____

_____

_____

_____

이제 다 썼다고 믿겠다. 쓴 리스트를 보며 이유가 무엇인지 생각해 보자. 다만, 조건이 하나 있다. 남 탓이 아니라 오로지 그 이유가 '나'로부터 나와야 한다.

남 탓, 환경 탓 같은 치졸한 이유는 없어야만 한다. 그래도 있다면 당신이 피하고 싶을 뿐이다. 그 이유를 아주 깊게 생각해 봐야 한다. 이것도 훈련이다. 처음에는 정말 힘들겠지만, 이 시스템을 본인 안에 구축한 사람은 잠재력을 일깨울 수 있는 사람들이다.

나도 이 시스템을 터득하고 나서부터는 그 누구의 말도 예민하게 듣지 않고 최대한 수용하면서 인생의 발전을 위해 스스로 피드백을 주고 있다. 남들 말에 너무 흔들릴 필요는 없지만, 사람들의 무의식 속에는 내가 보지 못하는 사실을 말해주는 일들이 있다. 그것들을 파악하고 잘 수용하는 사람만이 삶을 업데이트하며 살 수 있다고 확신한다. 처음은 정말 힘들지만 안 힘든 일이 도대체 어디 있는가? 힘든 것을 묵묵히 하는 사람이 결국 이기는 게 인생 게임이다. 시야를 넓혀라. 선구안을 길러라. 그리고 그 시야로 나를 관찰해라. 평가만 하는 사람은 절대로 발전하지 못한다.

SWING POINT

B ●●●
S ●●
O ●●

"시야가 좁아지면 인간은 굉장히 치졸해진다. 옆 사람의 성공을 시기하고, 협력하는 척 방해한다. 목표를 거시적으로 설정하고 시야를 넓혀라. 선구안을 길러라. 그리고 그 시야로 나를 관찰해라. 보이지 않는 것에서 기회가 있다는 걸 아는 순간 당신은 퀀텀 점프(Quantum Jump)를 경험할 수 있다."

끼리끼리 사이언스

유유상종이라는 말이 있다. 조금 더 젊은 감각으로 표현하자면 끼리끼리 사이언스다. 나는 끼리끼리 노는 것 끼리끼리 자주 만나는 것이 가장 위험하다고 생각한다. 우물 밖을 내다봐야 내 인생이 잘 가고 있는지 알 수 있는데 매일 똑같은 우물에 똑같은 개구리끼리 얘기하고 평가한다. 중요한 사실은 그 울타리를 제때 벗어날 줄 아는 사람이 더 빨리 성공궤도에 진입한다는 거다. 지금 당신이 자주 만나는 사람을 나열해 보자. 어떤 사람들이 있나? 그 사람들의 성격은 어떤가? 그 사람들의 연인은 어땠나? 그 사람들의 월 소득은? 그 사람들이 주거하고 있는 환경은? 그 사람들의 학벌은? 이런 것들이 중요하다는 말을 하고 싶은 것이 아니다. 대부분 비슷할 것이라는 말을 하고 싶을 뿐이다. 의사 옆에는 의사가 있는 게 당연하고, 깡패 옆에는 깡패가 있을 수밖에 없다.

자, 주변에 있는 사람들을 나열해 봤는가? 그중 본인 레벨은 어느 정도라고 생각하는가? 높을 수도 있고 낮을 수도 있겠지만 고만고만할 것이다. 큰 차이의 폭은 없으리라 본다. 이것은 지금까지의 데이터다. 앞으로도 그 레인지 안에서 살고 싶은가? 자산이 500만 원 미만인 사람들만 있다면 5,000만 원이 있는 사람 다음번에는 5억이 있는 사람들로 이동해야 하지 않겠는가? 좁은 무리에서 평생 살고 싶은가? 그 무리 중에 혼자만 잘났다고 해서 행복할 것 같나? 시기 질투만 받고 결국 혼자 죄인이 될 것이다. 우리는 끼리끼리가 아닌 다양한 사람과 두루 지내며 우물 안 개구리에서 벗어나야 한다. 잘난 사람만 쫓으라는 이야기가 아니다. 잘났다고 해서 모두 좋은 사람은 아니니 말이다. 색깔이 다른 내집단을 2~3곳 속해 있으면서 다양한 범위를 넘나드는 사람이 되어야 한다. 그러기 위해서는 마음을 열고 본인의 가치를 조금씩 높여야 한다. 마냥 친해지려고만 하지 말자. 능력도 없으면서 친해지려고만 하는 사람은 어차피 내팽개쳐진다. 또 내가 만나기 편한 사람만 만나지 말자. 약간 불편하더라도 가치 있는 만남을 추구해야 한다. 상대의 아우라에 작아져도 자꾸 부딪치고 말을 더 섞어 봐야 한다. 그럼 다른 사람을 만났을 때 더 여유가 생긴다. 항상 어려운 레벨을 겪고 나면 과거에 힘들었던 것이 굉장히 쉬워지는 경험을 하지 않는가? 인간관계도 똑같다.

마지막으로 강조하고 싶은 것은 편하다고만 해서 좋은 관계가 아니라는 것이다. 적당히 불편하고 적당히 배려하는 관계가 결국 더 오래가고 시간이 갈수록 가치 있는 관계가 된다. '끼리끼리 사이언스'를 벗어나자. 지금 그 울타리를 벗어나도 충분히 잘 살 수 있다. 세뇌된 마인드로 살아가면 딱 거기까지다. 세상에는 좋은 사람도 많기에 결국 다양한 사람을 많이 만나본 사람만이 새로운 기회를 찾을 수 있는 열쇠를 잡게 될 것이다.

SWING POINT

"故이건희 회장은 부자가 되려면 어떻게 해야 하냐는 질문에 '산삼밭에 가야 산삼을 캘 수 있듯 부자가 되고 싶다면 돌다리만 두드리지 말고 부자 옆에 줄을 서라.'라고 답했다.

게임에서도 레벨 높은 사람과 함께하면 경험치가 쭉쭉 오르는 것처럼 인생도 같다."

잘난 사람이 부르면
재깍 나가야 할까?

대한민국에서는 인맥이 있어야 성공한다는 말이 알게 모르게 통용되어왔다. 나는 동의하지 못한다. 정확히 얘기하면 본인 능력보다 인맥을 우선시하면 성공하지 못한다는 말이 하고 싶다. 잘난 사람에게 굳이 잘 보일 필요 없다. 어차피 당신이 능력이 없다면 우호적인 관계를 쉽게 형성하지 않을 테니 말이다. 그렇다고 무례하게 대하라는 말이 아니다. 본인의 가치를 쌓지 않으면서 잘 보이려고만 하지 말라는 거다. 나보다 잘난 사람에게 조그만 이득을 얻어내려고 하지도 말아야 한다. 그게 당장 이득인 것 같은가? 결국, 당신의 가치만 깎아 먹는 일이다.

나보다 잘난 사람과의 관계는 어떻게 대하느냐에 따라 천차만별로 달라진다. 좋게 사용하면 성장 동력으로 삼을 수 있다. 옆에서 보고 느끼며 성장할 수 있기 때문이다. 이게 아니라면 잘난 사람이 불러도 당신의 일상이 우선시 되어야 한다. 줏대 있는 사람이 결국 자신의 가치를 올릴 수 있다.

나보다 뛰어난 사람과 친해지기 위해서는 당연히 시간도 투자해야 하고 더 많이 배려해야 하고 소통도 열심히 해야 한다. 다만 아무리 잘난 사람이라도 본인 일에 큰 지장이 생기게끔 하지 않고 무리한 부탁에는 거절도 할 줄 알아야 한다는 것이다. 한 번 끌려다니는 사람은 평생 끌려다니게 되어 있다. 그리고 그것이 본인 팔자라고 생각해버린다. 언제까지 굽신굽신 살 건가?

나도 거절을 못 하던 사람이었고, 끌려다닌 경험이 많다. 그럼 다 부질없다. 내 인생이 제일 소중해야 하며 미래의 나를 위해 거절하는 방법도 터득해야 한다. 거절이라고 해서 전부 나쁜 것이 아니다. 거절은 다음을 기약하는 것이다. 이번에 보지 못하면 다음에 볼 기회가 생기는 게 거절이다. 잘난 사람들만 따라다니며 콩고물만 목 빠지게 기다리느라 어리석은 시간을 낭비하지 말자. 본인의 앞가림과 사리 분별만 잘해도 인생에서 불필요한 관계를 정리하고 좋은 사람만 남길 수 있다.

SWING POINT

"우월한 부류와 오래 어울리고 싶다면 내가 우월해지면 된다. 누구의 손에 이끌려 그들과 함께 자리한다 한들 자신이 우월해지지 못한 상태라면 높은 확률로 그 자리를 지켜내지 못할 것이다. 인생은 내가 만들어가는 것이다. 누군가가 이끌어 준다고 생각하지 마라."

자신감은 어디서부터
오는 것일까?

자신감 넘치는 사람이 부럽지 않은가? 자신감이 넘친다는 것은 어떤 것일까? 생각보다 연기하는 사람들이 많다. 내가 얘기하고자 하는 것은 '진짜 자신감'이다.

진짜 자신감은 딱 2가지만 알면 된다. 본인이 세워 놓은 목표 또는 규칙을 많이 이뤄보면 된다. 여기서 말하는 목표와 규칙은 엄청 높지 않아도 되고 엄격하지 않아도 된다. 아주 쉬운 단계에서 시작해야 하고 단계를 조금씩 높여 가야 한다. 즉, 남들이 보기에는 굉장히 수치이지만 생각보다 이걸 꾸준히 해내는 사람이 없다. 내가 확신한다. 남들이 비웃을지 몰라도 본인이 지킬 수 있는 작은 것부터 시도하고 클리어하면 당신의 내면에서 진짜 자신감이 생길 것이다.

운동장을 뛰어본 적이 없는 사람이 처음부터 운동장 10바퀴를 3개월간 뛰려 하면 성공할 것 같은가? 99% 실패한다. 하지만 운동장한 바퀴를 3개월간 뛰고 나면 성공확률이 최소 40% 이상은 늘어날 것이다. 이런 식으로 남들 기준이 아닌 본인이 생각했을 때 손쉽게할 수 있는 것을 계획하고 클리어하길 바란다. 본인과의 약속을 늘 지키는 사람들만이 내면에서 나오는 자신감을 느낄 수 있다.

두 번째는 남들보다 미래에 대해 더 많이 생각하는 사람이다. 확신은 미래에서부터 온다. 무슨 말이냐면 삶의 청사진을 그 누구보다 선명하게 그리는 훈련을 하는 사람이라면 그 사람은 평범한 사람보다 자신감이 더 넘칠 수밖에 없다는 뜻이다. 인간은 과거에 묶여 있을 때보다 미래를 상상할 때 변화할 수 있는 동물이다. 희망이 있으면 자연스레 움직이게 돼 있다. 찬란한 미래를 선명하게 상상하는 훈련을 하기를 바란다. 아직 이 작업을 해본 적이 없는 사람이라면 굉장히 힘들 수 있다. 그럼 앞서 말한 것처럼 아주 만만한 행동부터 시도하면 된다. 팔굽혀펴기 10개, 책 10페이지 읽기, 다음 주에 미술관에 가는 일 등. 이런 작은 것부터 시작해야 한다. 그러면서 내가 10년 뒤에 살고 있을 집, 10년 뒤에 내 주변에 있을 사람들, 내 몸에서 나는 냄새, 내가 자주 하는 대화 내용 등 점점 구체적으로 상상의 힘을 키워가는 것이다. 이런 훈련이 되어 있는 사람은 늘 자신감이 넘칠 수밖에 없다. 미래를 미리 보고 느꼈기 때문이다. 끌어당김의 법칙이 바로 여기에 포함된다.

다시 한번 강조하지만, 인간을 조종하는 것은 생각으로 인한 감정이다. 상상이 생각 안에 귀속된다는 점을 절대 잊어서는 안 된다. 긍정적인 상상을 하는 사람이 이긴다. 상상해 본 적도 없는 사람은 물 흘러가는 대로 살 수밖에 없다.

여태까지 성공한 사람 중 미래를 그리지 않고 성공한 사람은 단 한 명도 없다. 상상한다는 것은 남들보다 먼저 생각한다는 것과 똑같은 맥락이다. 이 2가지가 단숨에 될 리 없다. 남들이 비웃는 양이라 할지라도 아주 작은 것부터 조용히 시작하면 된다. 본인만의 기준, 본인이 소화할 수 있는 양을 냉철하게 생각하고 서서히 점진적으로 훈련량을 늘려가라. 그럼 운동장 1바퀴 뛰던 사람도 누구나 10바퀴, 20바퀴를 뛸 수 있다. 내 말을 꼭 믿고 따라주기를 바란다.

진짜 자신감을 만들기 위해 또 내 인생을 개선하기 위해서 아주 만만한 목표 1~2가지를 설정해보고 당장 실천해라. 미래에 나는 어떤 모습일지 아주 사소한 모습이라도 상상하라. 작은 목표들은 핸드폰 바탕화면에 고정하든 지갑 속에 메모지를 넣든 자주 볼 수 있는 곳에 꼭 배치하고 당장 훈련에 돌입해 보자. 거칠었던 인생이 훨씬 윤택해지고 죽어 있던 자신감의 싹도 돋아날 것이다.

SWING POINT

"진실한 자신감을 만드는 몇 가지 조언이 있다.

1. 남과 비교하게 되는 SNS를 잠시 꺼두자.
2. 나의 과오를 용서하고, 자신을 더 사랑하라.
3. 내가 부러운 사람이 있다면 어떤 게 얼마나 부러운지 구체
   적으로 적어봐라.
4. 내가 나를 믿지 않으면 그 어떤 누구도 나를 믿지 않는다.

위 내용을 반복하며 진실한 자신감을 길러 놓자. 가짜 자신감
으로 무장한 사람은 혼자 있을 때 우울감에 지배된다. 당신도
할 수 있다. 마음이 믿는 대로 행동하면, 불가능한 것은 없다."

가난한 사람이
계속 가난한 이유는 뭘까?

　가난은 대물림이다. 질리도록 들어 보지 않았나? 이유는 너무나도 간단하다. 고기를 많이 잡아 본 적 없는 사람이 고기 잡는 법을 알려줄 수 있을까? 말도 안 되는 일이다. 운 좋게 고기를 많이 잡았다. 그 운도 대물림될까? 안타깝게도 운은 대물림되지 못한다. 그리고 가난한 사람 주변에는 대부분 가난한 사람들이 주를 이루고 있다. 가난의 울타리에 갇혀 있는데 어떻게 부자가 될 수 있단 말인가? 수영을 잘하고 싶으면 수영장을 가는 게 당연한 거 아닌가? 농구를 잘하고 싶으면 농구장을 가지 않나? 우리는 부자가 되고 싶지만, 부자를 찾아가지 않는다. 잘 살고 싶지만, 기회를 찾아 나서지 않는다. 환경이 좋지 않은 사람은 태어나서부터 가난한 사람의 사고방식을 듣고 배우며 몸으로 익혀 왔다. 그렇기에 살아왔던 방식대로 남은 인생을 살아간다면 절대 가난을 벗어나지 못할 것이다.

남들보다 수영을 잘하는 사람은 왜 잘하는 것일까? 간단하다. 남들보다 수영을 많이 했기 때문이다. 남들보다 농구를 잘하는 사람은 왜 잘하는 것일까? 남들보다 농구를 많이 했기 때문이다. 잘하는 사람을 찾아가 배우고 관련 동영상 또한 많이 찾아봤을 것이다. 그러면서 자연스럽게 자신만의 연구를 했을 것이다. 당연히 잘할 수밖에 없는 구조다. 남들보다 많은 시간을 투자했고 남들보다 많은 생각을 했기 때문이다. 그런데 왜 가난과 부에 대해서는 그렇게 접근하지 않는 걸까? 지킬 것이 있어야 지키는데 지킬 것도 없으면서 죄다 안전을 최우선으로 여기는 사고방식이 너무 즐비하다. 막무가내 목표점을 높이라는 말이 아니다. 욕심이 있으면서도 안전만을 추구하면 아무것도 되지 못한다는 말이다. 인생을 변화하고 싶고 남들보다 잘살고 싶으면 보고 듣고 배우고 행동해야 한다.

모든 가난과 부에는 생각 이상으로 정확한 이유가 있다. 그 이유를 냉정하게 판단하고 받아들이는 것이 정말 중요하다. 만약 수영을 잘하고 싶다면 자신이 수영하는 모습을 봐야 하지 않겠는가? 무슨 동작이 잘못되었는지 인지하고 잘하는 선수의 영상을 보면서 비교해야 하지 않을까? 이 방식을 우리의 인생에 적용하면 된다. 성공과 부도 하나의 종목이라고 생각해야 한다. 수영과 농구처럼 성공과 부에 관해 좋은 성적을 기록하는 선수들을 찾아서 공부하고 따라 하면 된다. 가난한 사람의 행동을 따라 할 것인가? 본인의 힘으로 많은 부와 명성을 쌓은 사람을 따라 할 것인가? 마음속에 있는 부정적인 시선과 열등감을 꼭 없애기를 바란다. 스포츠처럼 생각하자. 인생도 하나의 운동 종목이다.

이 마인드를 갖춘 사람만이 스스로 발전할 수 있다. 탐구하고 실행하고 발전하는 사이클을 통과해 지긋지긋한 가난을 탈출하기를 바란다. 당장 따라 하고 싶은 사람 한 명을 골라 보자. 언제든지 바꿀 수 있고 따라 할 사람은 세상이 넘친다. 변화하기로 마음을 먹고 즉시 행동하는 사람만이 바뀔 수 있다. 미루지 말고 지금 당장 골라서 그 사람의 말과 행동을 유심히 바라보자.

SWING POINT

B ●●●
S ●●
O ●●

"인간은 변화를 두려워하기에 변화를 추구하는 사람은 늘 소수다. 이 소수의 사람만이 정말 하고자 하는 걸 이루어 낼 수 있는 것이다. 바로 '의지' 하나로 말이다. 더 나빠질 것을 먼저 생각하지 말고 더 나아질 것을 먼저 생각해라. 그럼 의지에 불이 붙을 것이다.

그 뜨거운 마음으로 목표를 향해간다면 무엇이든 해낼 수 있다. 나에게 무한한 잠재력이 있다는 걸 잊지 마라."

PART. 5

인생에
물음표가 많은
사람들에게

고통은 나를 더
좋은 곳으로 데려가 준다

인간은 고통을 싫어하지만, 고통으로 성장한다. 물론 삶을 망가 트리는 고통도 있지만 내가 말하고자 하는 것은 쓴 약과도 같은 고통 이다. 사람 보는 눈이 언제 생기냐면 인간관계에서 상처를 받을 때 생긴다. 근육은 운동으로 상처가 나고 회복된 뒤에 자연스레 성장한 다. 달리기가 빨라지기 위해서는 고통스러운 훈련이 반드시 있어야 만 한다. 사업도 마찬가지, 어려운 과정을 모두 이겨 내야만 성공한 사업가라는 타이틀을 달 수 있다. 하지만 대부분 사람은 이 고통을 피하려 하고 고통 없이 결과에 도달하려 한다. 그래서 발전하는 사람이 적을 수밖에 없는 것이다.

나는 지금 9년 넘게 떡볶이를 팔고 있다. 남들은 종종 나에게 이런 질문을 한다.

'한 번의 실패 없이 어떻게 성장했나요?'

그간 정말 많은 실패가 있었으며 그 실패를 딛고 일어났을 때 나는 성장했다. 2014년 10월, 나는 친구 2명과 떡볶이 가게를 시작해 2016년 8월, 동업을 종료했다. 그때 당시에는 너무 힘들고 무기력해 모든 것이 절망적이었다. 하지만 그 시기도 잠깐, 여기서 이 상황을 이겨 내지 못하면 모든 것이 물거품 된다는 생각이 들었고, 죽기 살기로 다시 일어서 떡볶이를 연구하고 나만의 가치를 세상에 알리며 앞으로 나갔다. 그 과정에서 나는 조금씩 단단해졌다. 내가 그 시절을 이겨 내지 못했다면 비슷한 위기에 처했을 때 또 포기했을 것이다.

항상 성장은 고통을 수반한다. 고통을 수반하지 못한다면 평생 제자리걸음이다. 자신 있게 얘기할 수 있다. 당신이 살아온 과거를 한 번 돌이켜 보자. 언제 가장 성장했다고 생각하는가? 잠시 책을 접

어두고 인생에서 가장 힘들었던 순간 3가지와 성장했던 순간 3가지를 떠올려 보자. 그럼 자연스레 알게 될 것이다. 고통이 오늘의 나를 만들었다는 걸.

그걸 알면서도 도망치는 나약한 인간은 되지 말자.

SWING POINT

"고통을 계속 회피한다면 평생 성장 없는 제자리걸음일 것이다. 아래 내가 가장 회피하고 싶어 하는 것을 적어보고 내가 진짜 이겨 내지 못할 것 같은지 곰곰이 생각해봐라. 피하기만 하면 내가 얼마나 강한지 알 수 없다."

_____

_____

_____

놀면서 잘되는 사람들의 특징

　학창시절 때부터 운동을 즐기며 공부도 잘하고 친구들과도 잘 어울리는 친구가 한 명쯤 있었을 것이다. 성인이 되어서도 마냥 노는 것 같은데 성과가 좋은 사람들이 있다. 그들의 공통점이 무엇인지 아는가? 모두 본인에게 엄격하다는 것이다. 본인에게 허락한 시간은 100% 즐기되 그 이외에 시간에는 무엇에 집중해야 할지를 확실하게 알고 그것에 집중하는 것뿐이다. 본인에게 엄격하지 못한 사람들은 멈춰야 하는 걸 알면서도 계속 놀고, 본인이 어디에 집중해야 할지 모르는 경우가 많다. 놀기만 하는데 성적이 잘 나올 리가 있는가? 놀기만 하는데 사회에서 업적을 쌓고 인정을 받으며 많은 돈을 벌 수 있을까? 절대 불가능하다.

당신은 자신에게 엄격한가? 나는 스스로 엄격하지 못했던 인간이었다. 본능에 충실하며 하고 싶은 것은 꼭 해야 하고 자만하고 시기를 겪었던 사람이다. 그러다 놓친 기회들이 너무 많아 앞으로 방심하지 않으려고 한다. 한가지 말할 수 있는 건 지금은 그 누구보다 본인에게 엄격한 사람이라는 것이다. 놀고 싶어도 나만의 선을 지키고 하기 싫더라도 시간을 내서 하며 나만의 룰을 지키고 있다. 쉬운 일은 아니었지만, 습관이 되니 나만의 규칙이 생겼다.

간단한 팁을 주자면 하루하루 우선순위를 정해 놓고 살아야 한다. 오늘 확실하게 클리어해야 할 일을 정해두고 무슨 일이 있어도 그 일만은 다 해야 한다는 생각을 가지면 좋다. 그러지 못하면 친구약속, 수면, 게임 등에 쉽게 휘둘리고 무엇이 중요한지 모른 채 하루하루를 낭비하며 살게 될 뿐이다.

무엇이 중요한지 알고, 우선순위가 있는 사람은 매사에 흔들림이 없다. 이런 훈련을 지속하다 보면 불필요한 약속도 덜 생기며 불필요한 사람도 걸러지게 되고 삶에 있어 무엇이 더 중요한지를 자연스럽게 깨닫게 된다. 우선순위를 정하는 것이 익숙해졌다면, 앞으로의 인생에 있어 우선순위가 무엇인지 파악하고 미시적 관점에서 거시적인 관점으로 순위를 정하면 된다. 이 사이클 속에서 우린 엄청난 삶의 성장을 경험하게 된다. 적절히 놀면서 인생도 발전하는 사람이 되어 보자. 절대 못 할 일이 아니다.

당신은 현재 어떤 생각을 하며 살고 있는가? 본인에게 엄격한가? 아니면 본인에게 너그러우며 남들에게는 엄격한 스타일인가? 냉철하게 돌아볼 필요가 있다. 한 가지 확실한 것은 '나'보다 나은 사람들은 본인들에게 엄격한 사람들이라는 거다.

SWING POINT

"더 일찍 깨달았으면 이라는 생각보다 지금이라도 알아서 참 다행이라는 생각을 가져라. 놀 거 놀면서 성공하는 사람도 분명 있다."

'자신의 규칙을 만들어라. 그렇게 하면 다른 이들의 평가나 규칙에 영향받지 않고 자유롭게 살 수 있다.'   – 로버트 그린

끈기가 중요할까?
열정이 중요할까?

이 책을 읽고 있는 당신은 어떤 유형의 사람인가? 끈기가 있는 스타일인가, 열정이 있는 스타일인가, 혹시 이것도 저것도 아닌 유형인가. 본인이 어떤 스타일인지 모르는 사람도 많은 세상이지만 괜찮다. 이제부터 알아가면 되니.

예전에 나는 끈기없이 열정만 가득한 사람이었다. 한 마디로 금방 불타오르고 금방 꺼지는 양푼 냄비 같은 사람이었다. 열정이 불타오를 때는 엄청난 속도로 성장하는 것 같지만 열정이 식으면 다시 제자리로 돌아오는 것을 수없이 반복하고 경험했다. 열정도 꾸준해야 열정이라고 할 수 있다. 잠깐 불타오르는 것은 누구나 할 수 있는 일이다. 끈기가 없다고 전혀 못난 것이 아니다. 꾸준한 것은 그 무엇보다 힘들기 때문이다. 그래서 꾸준하기만 하면 무엇이든지 이루어 낼 수 있다.

이 세상에 꾸준함 없이 해낼 수 있는 것은 없다. 그냥 대충해도 이루어낼 수 있는 것이 있다고 믿고 싶을 뿐이다. 혹시 그런 생각을 해본 적 있거나 지금도 하고 있다면 얼른 생각을 고치기를 권고하고 싶다.

아무리 좋은 운동신경과 좋은 피지컬을 갖고 태어났어도 한 가지 종목을 꾸준하게 하지 않으면 결코 뛰어난 운동선수가 될 수 없다. 아무리 좋은 머리와 좋은 교육환경을 갖고 태어났어도 꾸준히 공부하지 않으면 좋은 대학을 갈 수 없다.

너무도 당연한 얘기이지만 이 세상에는 너무나도 당연하지 않게 통용되고 있지 못하다. 열정도 중요하지만, 끝까지 밀고 나가는 힘이 더 중요하다. 엔진이 좋아도 연료가 없으면 무용지물이듯, 열정과 꾸준함을 골고루 가지고 살아야 한다. 이것을 위해서는 일단 해보고 어느 정도 참아보는 수밖에 없다.

처음부터 꾸준한 사람은 없다. 꾸준함도 근력과 같아서 서서히 키워나가야 한다는 것을 명심하자. 점진적으로 늘려나가면 누구나 탄탄한 끈기를 가질 수 있다. 포기만 했던 나도 했으니 말이다. 만만한 것부터 시작하기를 강력히 추천한다. 작은 것부터 시작해 서서히 근력을 키워나가자. 꾸준하게 걷고 싶다면 500m 걷기부터 시작하고, 일주일에 7번이 아닌 3번부터 시작하는 것이다. 그러면서 거리와 횟수를 서서히 늘려나가면 된다.

모든 것에 이런 메커니즘을 적용해봐라. 안될 것이 없다. 이것도 하지 못하겠다고? 그럼 아무것도 바라지 말고 살기를 바란다. 누구나 변할 수 있고 누구나 발전할 수 있는 시대에서 당신은 어떤 걸 선택할 것인가?

SWING POINT

B ●●●
S ●●●
O ●●

"그동안 당신의 계획이 작심삼일로 끝났던 이유는 흉내만 냈기 때문이다. 즉, 끈기가 없는 열정은 사실 열정이 아니라 흉내일 뿐이다. 아주 잠깐만 해놓고 안 된다고 툴툴거렸던 내가 부끄럽지 않은가?"

타고난 재능을
부러워하지 않아도 된다

살다 보면 선천적인 재능을 갖고 태어난 사람들을 종종 볼 수 있다. 같은 노력하는 것 같은데 나보다 결과가 훨씬 좋고 더 인정을 받는 사람들 말이다. 그런 사람을 보면서 상대적 박탈감을 느낀 적 있나? 있다면 앞으로 그럴 필요 없다고 꼭 얘기해 주고 싶다.

아무리 타고난 재능을 갖고 태어난들 그 재능을 꾸준히 발전시키지 못한다면 결국에 쓸모없는 재능이 된다. 뭐든지 거시적으로 봐야 하며 길게 보는 사람이 무조건 승리한다. 짧고 긴 건 대봐야 알지 않는가. 사회에서 인정받은 사람은 대부분 천재가 아니라 자기 일을 꾸준히 하며 우상향하는 사람이다.

선천적인 재능을 갖고 태어난 사람은 대부분 꾸준함을 겸비하지 못하고 있고 꾸준함이 얼마나 중요한지 깨닫지 못한다. 본인이 노력한 것에 비해 늘 성과가 좋으니 더 해야 할 필요성을 느끼지 못하고 일찍 만족해 버리는 경우가 많기 때문이다. 그렇기에 발전의 한계에 부딪히는 경우를 자주 목격할 수 있다.

우리 주변에서도 쉽게 예를 찾아볼 수 있다. 세계적인 축구선수 손흥민 선수보다 선천적인 축구 재능을 갖고 태어난 사람이 없었을까? 학창 시절에 손흥민보다 뛰어난 선수는 제법 많았을 거다. 근데 왜 손흥민 선수가 세계 최고의 자리에 있는 것일까? 그 누구보다 꾸준히 훈련하고 절제하며 자기관리에 힘을 쏟았기 때문이다. 손흥민 선수의 아버지 손웅정 감독도 꾸준함과 기본기를 항상 강조해왔다.

재능이 없다며 탓을 하기보다는 내가 꾸준히 밀고 나가는 힘이 재능이라고 말하고 싶다. 이 힘은 누구나 기를 수 있기에 누구나 재능을 가질 수 있다.

세상에 원래 쉬운 것은 없고 하기 쉬운 것만 찾다 보면 결국 인생이 도태된다는 것을 꼭 알았으면 좋겠다. 재능이란 타고난 기량을 뜻하는 것이 아니다. 어느 정도는 필요할 수 있겠지만, 정말 중요한 재능은 꾸준히 밀고 나가는 힘이다. 그러니 지금 당장 성과가 나오지 않는다고 포기하지 마라. 당신의 뿌리는 지금 땅 밑 깊숙이 내려가고 있고 어느 순간 폭발적인 성장을 하게 될 것이다. 모소 대나무라는 게 있다. 중국 극동지방에서만 자라는 희귀종인 모소 대나무는 씨앗에서 싹이 트고 수년간 농부들이 정성을 들여도 4년간 고작 3cm밖에 자라지 못한다고 한다. 하지만 5년이 넘는 순간 하루에 30cm씩 자라 6주 만에 15m가 되어 순식간에 울창한 숲을 만든다.

　버티고 버티면 된다. 당신의 때는 온다.

SWING POINT

B
S
O

"쉽게 올라간 곳은, 쉽게 내려오기 마련이다. 생물학자 최재천 교수는 이런 말을 했다.

'주어진 인생 그냥저냥 살지 말고 눈만 뜨면 이 짓하고 싶은 그런 삶을 살아야 한다. 그럼 어느 순간 그냥 고속도로 같은 도로가 눈앞에 뻥 하고 열린다. 그때부터는 그냥 앞만 보고 달리면 성공한다.'

여전히 재능 탓을 하고 있다면 내가 얼마큼 노력했는지 되돌아보길 바란다."

배움에 갈망을 느껴라

공부가 적성에 맞지 않나?

학생들에게 하는 말이 아니라 모든 연령대에 포함되는 말이다. 꼭 학생 때 하는 것이 공부가 아니다. 공부는 내가 알고자 하는 것에 지식을 쌓는 행위를 말하는 것이다. 정말 공부가 적성이랑 관련이 없다고 생각하는가? 공부를 멀리하면 인간으로서 진화할 수 없다고 생각한다.

나는 책상에 앉아있는 것보다 몸 쓰는 것을 훨씬 더 좋아한다. 글을 읽는 것도 좋아하지 않는다. 어려운 것도 좋아하지 않는다. 하지만 항상 글을 가까이하려 노력하고 책상에 앉아있는 시간을 늘리려고 한다. 그러고 내 인생이 바뀌었기 때문이다.

그렇다고 내가 공부에 적성이 있었던 사람이냐고? 나는 실제로 중학교 때 전교 꼴등이었던 학생이다. 하지만 사업을 하다 보니 스스로 부족한 부분을 느꼈고 내 뜻대로 되지 않으니 발전해야겠다는 위기의식이 단전에서 올라왔다. 그 후 수년간에 노력 끝에 책상에 앉아있는 습관을 길렀다. 일단 비즈니스에 정말 좋은 결과들이 생겼고 무엇보다 과거와는 달라진 나의 모습이 만족스러웠다.

적성에 맞지 않는다는 핑계로 너무나 많은 기회를 잃고 있는 것이 아닐까? 모든 사람이 하고 싶은 것만 하고 살면 어떻게 될까? 하고 싶은 것만 하고 살아가는 사람은 강아지와 다를 바가 없는 삶 아닌가? 인간은 사고하고 움직이며 발전하는 동물이다. 그리고 발전하는 인간일수록 더 많은 것을 누릴 수 있다.

당신도 전보다 더 나은 삶을 살고 싶지 않은가?

적성에 안 맞다는 핑계로 하기 싫은 것들을 이리저리 피해 다니지 말고 부족한 것을 찾고 배워라. 공부는 죽은 자신감을 다시 되살려주고 실수를 최소화하는 최고의 방어다. 배움에 갈망을 느끼고 조금씩 성장하자 우리.

SWING POINT

"원래 몸에 좋은 약이 쓴 것처럼 우리에게 유익한 것은 재미도 없고 지루한 법이다. 미국의 자동차 왕이었던 헨리 포드는 이런 말을 했다.

'배움을 멈추는 사람은 20세건 80세건 누구나 늙은 것이다. 하지만 배움을 지속하는 사람은 누구나 젊음을 유지한다. 삶에 있어 가장 위대한 일은 자신의 마음을 젊게 유지하는 것이다.'"

가치가 없는 사람의 특징

본인이 가치가 있는 사람이라고 생각하는가? 그렇게 생각한다면 그 이유는 무엇인가? 대부분 명확한 이유가 없이 본인을 가치 있다고 생각하거나 반대로 명확한 이유가 있음에도 가치가 없다고 느낄 때가 있다.

당신은 가치 있는 사람이 되어야만 한다. 오늘보다 나은 내일을 살아야 하고, 올해보다 나은 내년을 살아야 하며 매년 성장해야만 한다. 진정한 가치는 목표로 향하는 과정에 있다. 매년 나아지지 않으려 하는 사람은 가치가 없는 사람이다. 가치라고 해서 대단한 것이 아니다. 조금 다르게 말하자면 가능성이라고 생각하면 된다. 하루하루 지날수록, 해가 지날수록 가능성을 높이는 행위가 진정한 가치다. 간단하지 않은가?

더 나은 미래를 위해 어떤 행동을 하고 있는지 냉철하게 돌아보자. 지금까지 이렇게 생각을 해 본 적이 없어서 실망스러운가? 괜찮다. 지금이라도 알았으니 오늘부터 시작하면 된다.

나는 가치가 없는 사람이었다. 이유는 간단하다. 나아지려 하지 않고 모든 것을 남 탓으로 돌리며 쉬운 길만을 가려 했기 때문이다. 더 웃긴 건 스스로 가치 있는 사람이라 착각하고 있던 것이다. 여러 시련과 고통을 겪고 나는 내가 성공할 가능성이 0%라는 것을 깨달았다. 그 뒤로 할 수 있는 것은 모조리 다 했다. 조금씩 변하기 시작하니 마인드가 건강해지기 시작했고 내 주변 환경이 바뀌기 시작하니 결과가 바뀌기 시작했다. 대단한 사람은 아니지만, 가능성이 있는 사람이라는 것을 스스로 느끼게 된 것이다. 이런 식으로 본인의 가치를 느끼게 되면 할 수 있다는 자신감이 더 늘어날 것이며 그로 인해 흔들림 없이 나아갈 수 있을 것이라 확신한다. 다시 한번 묻겠다.

당신은 가능성을 믿으며 앞으로 나아가고 있는가? 혹시 안될 거라는 생각을 먼저 하면서 쉬운 것만 선택하고 있지 않은가? 우리 모두 가치 있는 사람이 될 수 있다. 내 말을 믿고 어제보다 더 나은 하루를 살기 위해 움직여보자.

이 책을 읽는 것 또한 당신의 가치를 높이는 일 중 하나가 되길 바란다.

SWING POINT

"내 가치는 내가 정하는 것이다. 그러니 항상 성장할 수 있는 것을 택하고 늘 발전하려 노력을 게을리하지 마라. 나아지려는 사람은 어디를 가나 환대받는다.

삶을 대하는 태도에 진심이 담겨있는가? 태어나서 그냥 산다고 말하는 사람이 되지 말자. 눈에 총기를 담고 하루하루 당차게 살아가는 가치 있는 사람이 되자."

과연 혼자서
성공할 수 있을까?

　인생에 있어서 혼자 할 수 있는 것은 많다. 하지만 혼자서 대단한 일을 해내기는 어렵다. 혼자서 성공한다고 한들 그것은 진정한 성공이 아닐 것이다. 성공도 나눠야 진짜 성공이기 때문이다. 나눈다는 것이 꼭 돈을 나눈다는 것이 아니다. 함께 기쁨과 가치를 나누어야 한다는 말이다. 만약 성공했는데 그 누구에게도 인정받지 못하고 존경받지 못한다면 그것은 차마 성공이라고 부르지 못한다.

돈을 많이 벌었다고 한들 아무도 인정해주지 않고 존경도 받지 못한다면 오히려 불쌍한 성공이라고 보는 것이 맞을 것이다. 그러기 때문에 주변에는 항상 함께하는 사람들이 있어야 한다. 무엇보다 혼자서 해낼 수 있는 것보다 함께할 때 해낼 수 있는 것이 더 크고 빠르다. 그러므로 주변 사람을 돌보며 마음을 헤아리는 것도 부자의 능력 중 하나다. 돈이 많음에도 부럽지 않은 사람들이 생각보다 많다. 인생이 불행하기 때문이다. 주변 사람들에게 감사할 줄 모르고 본인밖에 모르는 사람은 성공한 것이 아니다.

올바른 성공은 성공의 크기와 그 사람의 크기와 같아야 한다. 우리는 그것을 '그릇'이라고 부른다. 그 크기가 맞지 않으면 반드시 탈이 나게 되어 있다. 세상이 정해놓은 불변의 진리와도 같다. 당신도 정말 성공을 하고 싶다면 그릇을 키우는 연습을 해야 한다. 나 또한 그릇이 작은 사람이었기에 여전히 그릇을 키워 나아가는 중이다. 과거보다 주변에 좋은 사람들이 많이 생겼고, 그들을 챙기려고 하니 함께 하는 일마다 결과가 더 좋아지는 것을 몸소 느끼는 중이다.

내가 아는 성공은 한 무리가 이뤄낸 성공이고 함께 이루어낸 성공이다. 스스로 잘난 맛에 취해 혼자서 모든 지 해낼 수 있다는 생각에 빠져 있다면 즉시 탈출하기를 바란다. 그렇다고 남에게 100% 의지하라는 말이 아니다. 남에게 의지할수록 약해지는 건 나 자신뿐이니까. 독단하지 말고 주변 사람과 조화를 이루어라. 이런 사람이 항상 멀리 가고 더 멋진 성공 하게 되어 있다. 슬픔은 나누면 반이 되고 기쁨을 나누면 배가 된다는 말 많이 들어 보지 않았나? 조화를 이룰 수 있는 능력은 성공에 있어 꼭 필요한 능력이다. 혼자서 모든 지 해낼 수 있다는 자신감은 좋지만, 그건 자칫 나를 무너트릴 수 있다. 팀을 이룰 수 있다면 거기서 생기는 조화가 당신의 인생을 훨씬 더 고취 시켜줄 것이다.

SWING POINT

B ●●●
S ●●
O ●●

"혼자서 돈 버는 방법은 많다. 다만 얼마나 갈지를 잘 생각해 보기를 바란다. 혼자보다 함께 눈을 들어 앞을 본다면, 더 큰 꿈과 목표를 향해 더 나아갈 수 있다. 고독을 자처하지 말고 동료를 구해라."

잘난 전문직이 부러운가?

　의사, 변호사, 회계사 등 사람들은 전문 직종 부러워한다. 그들의 현실을 들여다보면 일반 사람들과 크게 다를 게 없지만 확실한 것은 사회에서 인정과 보장을 해주는 범위가 넓다는 것이다. 더불어 평균 소득이 높은 것도 사실이다.

　당신은 왜 그들이 좋은 대우를 받는지에 대한 생각을 해본 적 있나? 나는 당연히 그래야만 한다고 생각한다. 그들이 잘나서? 그건 말도 안 되는 얘기다. 그들은 인고의 시간을 버텨낸 사람들이다. 의사가 되기 위해 몇 년이 필요한지 아는가? 변호사가 되기 위해 어떤 과정이 있는지 아는가? 관련 대학을 나왔다고 해서 100% 의사와 변호사가 될 수 있을까? 전혀 아니다. 긴 시간 동안 치열한 경쟁 속에서 살아남아야 하고, 국가에서 정한 기준의 시험을 통과해야만 정식적으로 자격증이 주어진다. 그 자격을 따기 위해 길게는 짧으면 5년 길게는 15년 이상의 노력을 기울여야만 얻을 수 있다. 그리고 나서는? 그 자격증만 있다고 해서 인생이 술술 풀릴까? 그것 또한 큰 오산이다.

자, 다시 본론으로 돌아가자.

당신은 한 가지를 얻기 위해 또는 좋은 결과를 내기 위해서 5년 이상의 노력을 해본 적이 있는가? 했다면 그 이후에도 지속적인 노력을 하고 있는가?

현재의 모습은 당신이 여태까지 노력한 결과물이다. 당신의 인생이 너무 구리다고? 지금까지 구린 노력을 해 왔기 때문이다. 한 가지를 꾸준하게 하지 않고 쉬운 길만을 골라서 왔기 때문이다. 그 이외에도 이유는 무수히 많지만 결국 모든 것은 본인의 노력이 부족했기 때문이다. 이것에 대해 반박할 수 있는 사람이 있는가? 반박하고 싶다면 병원을 먼저 가 보기를 바란다. 지나친 남 탓과 세상 탓도 병이다. 인생에 있어서 모든 것은 대가가 따른다. 누가 더 좋은 선택을 했느냐가 아니라 얼마나 노력했느냐가 인생의 방향을 결정한다. 이 사실을 알았다면 앞으로 전문직을 부러워하지 않아도 된다. 당신도 그만한 노력을 시작하면 된다. 감내 없이 이룰 수 있는 것은 이 세상에 단 한 가지도 없다. 감히 확신한다. 바라는 만큼 원하는 만큼 움직이고 노력하면 된다. 생각 없이 부러워하지 말고 생각 없이 바라지 말자. 당신이 못 할 이유는 하나도 없다. 오늘부터 이 신념을 갖고 인생을 변화시켜보자. 당신이 가진 가장 큰 재산은 바로 시간이다.

SWING POINT

"등고자비(登高自卑)라는 고사성어가 있다. 높은 곳에 오르기 위해서는 낮은 곳부터 밟아야 한다는 뜻이다. 적은 노력으로 큰 결과를 원하는 건 확실히 병이다. 잘난 사람을 몰래 깎아내리지도 마라. 상대의 노력을 다 알지 못하는 이상 우리는 아무 말도 할 수 없다."

인맥 관리는
어떻게 해야 할까?

우리나라 사람이라면 인맥이 중요하다는 말을 자주 들었을 것이다. 틀린 말은 아니지만 같은 말이어도 다르게 해석될 수 있는 여지가 있기에 부가적인 설명이 필요하다.

내가 능력도 없는데 인맥에만 신경 쓴다면 허송세월 보낼 확률이 높다. 내가 능력 없이 인맥이 좋다면 그건 착각일 확률이 높다. 술로 쌓은 인맥은 다 쓸모없다. 내가 쓸모가 있어야 좋은 사람들이 모인다. 상대방의 덕을 보는 것이 인맥이 아니다. 도움을 받았다면 나 또한 그에 상응하는 호의를 베풀어야 한다. 진정한 인맥은 내가 자극을 받을 수 있고 응원해 줄 수 있는 것이다. 내가 개판으로 살고 있는데 주변에 열심히 살아가는 사람들이 존재할까? 나는 열심히 살고 있지 않은데 열심히 사는 사람들이 나와 시간을 보낼까? 아주 어렸을 적부터 돈독한 인연을 쌓지 않는 이상 불가능한 일이다. 어릴 적에 돈독한 인연을 쌓았다고 해도 성장하면서 그들의 공감대는 점점 없어지기에 공존하기 힘들다.

진정한 인맥 관리는 본인의 가치를 올려 그에 어울리는 사람과 만나며 좋은 영향력을 서로에게 주는 것이다. 내가 좋아하는 말이 있다.

"주변에 가장 친한 3명이 내 거울이자 나의 미래다."

이게 팩트다. 사람은 손실이라는 것을 굉장히 두려워하고 싫어하기에 만났을 때 내가 손실을 볼 것 같은 사람 또는 시간이 아깝다고 생각하는 사람은 절대 만나지 않는다. 자본주의를 알아가는 이상 이런 상황은 더욱 많아질 것이다. 너무 냉철하게 들리는가? 아직 세상을 우물로 보고 있기 때문이다. 추억 그리고 정에 연연하는 사람 중 본받을 만한 사람 보지 못했다. 물론 추억과 정 또한 중요하지만, 그

것에 치우쳐있는 사람은 감정에 휘둘리는 경우가 많다. 가장 중요한 것은 내가 가치가 있어야 내 사람들을 지킬 수 있다는 것이다. 더는 인맥으로 덕을 보려고 하지 말자. 다 빚이고 대가가 따른다. 인맥, 인맥 거리면 인생에 진정한 주인이 되지 못한다. 내 가치를 쌓아 올리면서 주변에 본받을 만한 사람들을 많이 두어야 한다. 그리고 시너지를 주고받고 서로 발전해 나가는 것. 이것이 인생에서 필요한 건강한 인맥이다. 지금 인간관계가 얽히고설켜 복잡하다면 이 글을 통해 다시 한번 인맥에 대한 올바른 정의를 만들어 보길 바란다.

SWING POINT

"JYP 박진영 프로듀서는 사람 사귀고 인맥 쌓는데 시간을 허비하지 말고, 내 실력을 키우고 몸을 관리하는데 시간을 투자하라고 말한 적이 있다. 내가 발전하면 자연스럽게 건강한 사람을 만나게 된다는 뜻이다. 사람에게 의존하지 말고 억한 관계를 유지하려 애쓰지 말자. 진짜 인맥은 동등한 위치에서 서로 도움을 준다. 당신이 인간관계에서 소모하고 있는 시간만 줄여도 자기 계발에 필요한 골든 타임을 확보할 수 있다."

PART. 6
인생을
윤택하게
만드는 법

강철 멘탈을 만드는 방법

　멘탈이 강하면 무조건 좋다. 아니, 멘탈은 강해야 한다. 멘탈이 약해지는 순간 모든 것이 무너진다. 나아가는 힘도 약해지고 의욕도 사라지고 원래의 컨디션을 회복하지 하지도 못한다. 그렇기에 삶에서 건강한 멘탈은 굉장히 중요한 요소다. 그렇다면 멘탈이 타고난 사람이 있을까? 태어났을 때부터 강한 정신력과 회복 능력이 좋은 사람은 없다. 조금씩의 차이는 당연히 있겠지만 대부분 비교 가능한 범위 내에 있을 것이다.

우리가 자라날 때의 멘탈은 쉽게 깨지는 유리와 같다. 그래서 깨지고 붙는 경험을 반복하며 점점 내구성을 갖추게 된다. 유년 시절에는 많이 울지만 나이가 들며 점점 우는 횟수가 줄어드는 것처럼 말이다. 즉, 시련의 상처를 회복하고 이겨 낸 경험이 많은 사람이 멘탈이 좋다. 반대로 좋지 않았던 경험 속에 빠져 있거나 두려움에 갇혀있다면 그 사람의 정신력은 가면 갈수록 악화될 것이다.

쉬운 예를 들자면 근육을 떠올리면 된다. 근육을 성장하기 위해서는 반드시 상처를 줘야 한다. 근육을 최대한 많이 써서 상처를 입힌 후 회복하는 기간을 거치면 근육은 자연스레 강해진다. 멘탈도 똑같다. 상처받고 회복하는 경험이 없는 사람은 강해질 수 없다. 운동하지 않고 몸이 좋아지는 사람이 세상에 있을까? 있다면 그건 하늘에서 내려온 사람일 것이다. 즉, 멘탈이 좋아지려면 뇌에 외부적인 충격이 아닌 우리가 인식할 수 있는 내부적인 충격을 주어야 하며 그것을 회복하는 과정에서 신경이 발달하면 단단한 정신력이 자연스레 만들어진다. 이게 멘탈을 강화하는 유일한 방법이다.

당신이 어려운 일을 겪거나, 충격적인 사실을 겪었을 때 그 감정에 충실해도 된다. 다만 그 감정에서 빠져나오는 기간을 점진적으로 줄여야만 한다. 내가 이겨 내고자 하는 마음만 있으면 그리고 지속적인 트레이닝 한다면 당신은 지금보다 100배 강한 정신을 소유할 수 있다. 처음부터 멘탈이 강한 사람은 없다. 모두가 똑같이 아파하고 슬퍼하고 요동쳤던 시절이 있다. 우여곡절을 이겨 내는 과정에서 누가 더 회복을 많이 해봤고, 누가 더 긍정적으로 생각해서 이겨 냈느냐가 밀도를 결정할 것이다. 모든 것은 마음먹기에 달렸다. 앞으로 어려운 일이 닥칠지라도 두려워하지 말아야 한다. 어차피 시간이 지나면 회복된다. 안심하자. 이런 생각이 당신을 더 강하게 만들어 줄 것이라 확신한다. 상처 없는 굳은살은 없다. 과거에 연약했던 시절을 떠올려 보라. 지금 당신은 상상 이상으로 강해지지 않았나?

SWING POINT

"호랑이 굴에 들어가도 정신만 차리면 살 수 있다는 속담이 있다. 현실 세계는 그보다 더한 지옥이다. 마음먹기에 달렸다. 살아남아 정상에 깃발을 꽂고 싶다면 성공할 수 없다는 감정에 동요되지 않겠다는 마인드 트레이닝을 하길 바란다. 신체와 마음 그리고 멘탈은 훈련을 통해 강해질 수 있다. 고통을 통해 성장하자 우리. 딱딱한 굳은살이 당신을 지탱해줄 것이다."

좋은 사람을 만나는 데
필요한 것

우리는 좋은 애인 또는 좋은 배우자를 만나는 것을 중요하게 여긴다. 하지만 살면서 제일 어려운 일이 바로 좋은 사람을 만나는 일이다. 왜 그런 것일까? 본인 주제를 모르고 바라는 것만 많기 때문이다. 내가 인성도 좋고, 능력도 좋고 삶에 경험이 많은데 이상한 사람을 만날 리가 있을까? 그게 더 이상한 일 아닌가? 대부분 자신을 과대평가하는 경우가 많다.

누구나 이상향을 그릴 것이다. 하지만 내가 부족한데 나보다 나은 사람이 나를 데려가진 않는다. 아무것도 하지 않는 사람에게 돈다발이 주어지는 경우를 봤는가? 그런 경우는 영화 속에 있거나 현실 세계에서는 사기일 확률이 높다.

좋은 사람을 만나고 싶다면 내가 좋은 사람이 되어야 한다. 그렇다면 좋은 사람은 어떻게 될 수 있을까? 먼저 본인을 객관적으로 봐야 하며, 부족한 부분이 있으면 시간을 투자해 개선해 나갈 줄 알아야 한다. 단숨에 되리라 생각한다면 일찌감치 포기하길 바란다. 이 세상에 존재하는 모든 것은 일종의 거래라는 사실을 잊지 말아야 한다. 남자와 여자도 서로에게 필요한 가치일 때 만날 수 있는 법이다. 일방적인 것은 금방 깨지기 마련이다. 환상 속에 살지 말고 현실 속에 살아야 하며 이상향을 그리되 자신이 이상향에 가까워질 수 있도록 어떤 노력을 하고 있는지를 냉철하게 돌아봐야 한다.

유유상종은 과학이다. 남녀 사이 또한 유유상종이다. 당신보다 못난 것 같은 친구가 결혼을 잘했는가? 당신이 모르는 사실이 무수히 많을 것이다. 반대로 너무 거품 있는 결혼이라면 절대로 부러워하지 마라. 쉽게 얻어지는 것은 쉽게 잃기 마련이다. 운명을 논하지 말고 상황을 탓하지도 말고 당신이 지금 만나고 있는 사람이 당신의 수

준이라는 것을 잊지 말자. 더 좋은 사람 만나고 싶다면 먼저 좋은 사람이 되려고 노력하길 바란다.

SWING POINT

"왜 맨날 똥파리만 꼬일까? 꽃이면 진작에 나비가 꼬였을 것이다. 똥차 가고 벤츠가 온다는 말도 모순이다. 아무리 좋은 사람이 다가와도 내가 준비되어 있지 않으면 그 인연은 스쳐 지나가는 인연이다. 잘나고 멋진 것만 추구하지 마라. 결국 인생은 외로워진다."

지금보다 10배 더
매력적인 사람이 되는 법

　인간은 많은 사랑을 갈구하는 존재다. 그래서 본능적으로 매력 지수를 높이고 싶어 한다. 누구나 한번은 본인의 매력 지수를 높이기 위해 노력을 해 보았을 것이다. 외모를 가꾸고 자기 계발을 하며 다양한 시도를 했음에도 불구하고 마음처럼 되지 않는 경우가 많을 땐 무엇을 더 해야 할까?

　내가 강조하고 싶은 건 매력적인 사람은 겉이 화려한 사람이 아니라는 것이다. 내가 생각하는 가장 매력적인 사람은 귀가 열려있는 사람이다. 상대방의 말에 진심으로 귀 기울여 들어 주며 소통이 잘되는 사람. 같이 있을 때 편안해지는 사람 말이다. 믿기지 않는가? 나 역시 말을 잘하며 사람들을 금방 매료시키는 사람이 매력적이라고 생각했던 시절이 있었다. 하지만 22살에 데일 카네기의 인간관계론이라는 책을 2번 이상 읽고 마인드가 바뀌었다. 그 책에서 계속 강조하는 것은 '귀를 열어야 한다.'였다. 읽으면서도 조금 의아했지만 나는 책에서 시키는 경청을 시작했고 13년이 지난 지금, 사람들을 만났을 때 입은 닫고 귀를 여는 것이 습관이 되었다. 그리고 13년 동안 남들의 비밀과 쉽게 듣지 못하는 이야기들을 수도 없이 들을 수 있었다. 더 좋은 건 사람들이 나를 정말 많이 찾았다는 거다. 가장 큰 이유가 바로 경청이다. 상대방의 이야기를 듣고 최대한 기억에 담아라. 다음에 만났을 때 대화 내용을 기억하고 있다면 상대방은 나를 더 특별하게 생각할 수밖에 없다.

모든 사람의 무의식에는 누군가에게 기억되기를 바라는 마음이 있다. 자신을 알아주길 바라는 마음에 말이 많아질 필요는 없다. 예상과는 다르게 말이 적은 사람을 더 잘 기억하는 때도 있기 때문이다. 아마 그들은 내가 했던 '경청'을 하지 않았을까? 화려한 외모보다 더 중요한 것은 상대방을 대하는 태도와 마음이다. 그다음 정돈된 외모라는 것을 강조하고 싶다. 오늘부터 수다스러운 입은 닫고 귀를 여는 연습을 하자. 그리고 상대방에 대해서 기억하는 연습을 시작해보자. 이걸 습관으로 만든다면 당신을 찾는 사람이 자연스레 많아질 것이다.

SWING POINT

"화려한 언변도 능력이고 매력이다. 다만 더 오래 기억에 남는 건 경청하는 모습이다. 그러니 일단 들어라. 하고 싶은 말이 아무리 많아도 아껴라. 경청이 최고의 위로라는 말이 있다. 위로나 조언을 건네기 전에 일단 끝까지 경청해라. 그것만으로도 상대방의 마음에 깊이 자리 잡을 수 있다."

'인간은 두 개의 귀와 한 개의 입을 가졌다. 그러나 그것을 역으로 사용하곤 한다.'   – 마르쿠스 아우렐리우스

애정 결핍을 이겨내는 법

나는 부모님이 초등학교 4학년 때 이혼을 해 온전한 사랑을 받지 못하고 자랐다. 내 중학교 때 소원은 엄마가 다려준 교복을 입고 등교하는 것이었다. 그만큼 중요한 시기에 엄마로부터 사랑을 받지 못했다. 이것을 이겨 내기까지에 꽤 많은 시간이 걸렸다. 한때는 부모님 탓을 하며 내 삶을 비관적으로 봤던 시기도 있었다. 하지만 지금은 부모님에게 감사한 마음뿐이며 나를 이렇게 키워주신 은혜에 보답하며 평생을 살아갈 예정이다.

애정 결핍은 누구나 겪을 수 있고 이미 많은 사람이 겪고 있다. 하지만 원인과 이유를 알지 못해 본인이 애정 결핍이라는 것을 인지하지 못하는 사람이 많다. 예를 들어 애인을 만날 때 해야 할 일보다 애인이 늘 우선시 되고 애인이랑 떨어져 있으면 불안하고 애인의 사생활에 대한 집착이 크다면 애정 결핍이 있다고 생각하면 된다. 이런 애정 결핍은 대부분 성인이 되기 전 가정환경에 따라 결정된다. 꼭 부모가 이혼하지 않았더라도 맞벌이로 인해 부모로부터 사랑과 관심을 받지 못한 경우 그리고 나와 같이 어린 나이에 부모님의 이혼으로 결핍이 생긴 경우에 가장 흔하게 나타난다.

이런 애정 결핍을 이겨 내려면 어떻게 해야 할까? 먼저 본인이 애정 결핍인지 아닌지부터 파악해야 한다. 만약 결핍이 있다면 모든 감정을 상대로부터 채우려고 하는 것을 멈춰야 한다. 사람은 혼자만의 힘으로 이겨 내야 하는 방법을 알아야 한다. 우리에겐 혼자만의 시간이 필요하다. 혼자 있을 때 정서적으로 안정되어야 상대와 오래오래 함께할 수 있다는 건 부정할 수 없을 것이다. 처음에는 힘들겠지만, 시간을 정해놓고 그 안에 해야 할 것들을 정해놓아 서서히 혼자만의 시간을 익숙하게 만들어야 하며 때로는 사색에 잠기고 지난 행동을 돌이켜 보며 내면의 평화를 되찾아야 한다. 개인적으로 이 시간에 청소, 운동, 독서 같은 가벼운 일을 추천한다. 인간의 뇌는 억

지로 쓰려고 해 봤자 잘 써지지 않는 기관이다. 오히려 가벼운 행동을 할 때 자연스럽게 생각이 정리되기에 조금은 몸을 쓰는 게 좋다.

내가 부족한 부분을 상대가 보완해줄 수는 있어도 애정 결핍과 같은 본질적인 부분은 채워줄 수 없다. 자꾸 의지할수록 인생이 더 불행해진다는 사실을 절대 잊지 말자. 혼자 견디고 강해지고 사고하며 내가 안정되어야만 상대도 안정될 수 있음을 꼭 기억하기를 바란다.

자, 오늘부터 혼자여도 괜찮은 사람이 되어보자. 훈련하면 누구나 애정 결핍을 이겨 내고 성숙한 사람이 될 수 있다. 인간은 누구나 외로움을 겪는다. 이걸 어떻게 이겨 내느냐에 따라 당신의 삶은 달라질 것이다.

SWING POINT

"애정 결핍이 있는 사람의 몇 가지 특징이 있다.

1. 애정을 계속 갈구한다.

2. 때와 장소를 가리지 않고 어떻게든 연락을 주고받으려 한다.

3. 가령 피치 못할 상황 때문에 연락을 잠시 멈추려 하면 화를 내고 싸우려 든다.

4. 보상심리가 강해 상대방의 배려를 당연시한다.

5. 사소한 거절에도 큰 상처를 받는다.

애정 결핍을 반드시 이겨 내라. 모르핀처럼 일회성으로 마음을 채우지 말고 천천히 온기를 채워주는 사랑을 해야 한다. 고독을 자신만의 형태로 즐길 줄도 아는 사람은 애정을 갈구하지 않는다."

과소비를 지속하면
인생이 망가진다

　　돈 쓰는 것이 세상에서 제일 쉽게 행복을 느낄 수 있는 방법이다. 누구나 그럴 것이다. 과학적으로도 가장 쉽게 도파민 수치가 증가하는 것이 소비 행위라고 한다. 하지만 좋은 감정 대비 허무함과 무기력을 쉽게 가져올 수 있는 것 또한 소비다. 즉, 소비는 쉽게 중독될 수 있는 행위라는 것이다. 돈 쓰는 것은 쉽지만 돈 버는 것은 어렵다. 이러한 비대칭이 있음에도 사람들은 중요성을 잘 모른다.

우리는 어떤 것을 더 선호하는가? 당연히 돈을 마구마구 쓰는 걸 좋아한다. 인간은 망각의 동물이며 감정에 지배되는 동물이다. 그렇기에 좋은 교육을 받지 못한다면 똑똑한 소비가 불가능하다. 즉, 아는 것이 없을수록 과소비에 빠질 확률이 크다는 말이다. 물론 당신이 가진 것이 많다면 많이 쓰길 바란다. 하지만 지금 이 책을 읽고 있는 대부분 사람은 부자보다는 미래에 부자가 될 사람들이 많을 것이다.

나도 돈에 대해 아는 것이 없는 상태에서 25살에 떡볶이 장사를 시작했고 그 후로 많은 돈을 벌 기회가 있었음에도 과소비로 인해 많은 돈을 축적하지 못해 회사가 재정적 위기에 빠진 적이 있었다. 시간이 지나 보니 정서적으로 안정되어 있지 못한 사람들이 소비가 크며 소비로 자신의 결핍된 부분을 채우려 한다는 사실을 깨닫게 되었다. 쇼핑은 일시적일 뿐 소비로 진정 채울 수 있는 것은 아무것도 없다. 그리고 돈이라는 것은 많이 쓴다고 많이 들어오는 것이 아니다. 가치가 있는 곳에 써야만 부자가 될 수 있는 확률이 높아진다. 먹는 것, 입는 것, 타는 것은 시간이 갈수록 가치가 떨어질 수밖에 없는 것들이다. 하지만 대부분 사람은 여기에 다들 과소비를 하고 싶어 한다. 보이기 위해, 빠르게 욕망을 채우기 위해 말이다.

본능이 시키는 대로 소비하는 사람은 절대 부자가 될 수 없다. 과소비를 하면 주변 사람들이 부자라고 생각하겠지만 정작 본인은 점점 가난해질 뿐이다. 정말 과소비를 하고 싶은가? 진짜 부자가 되기 전까지는 절제 능력이 무수히 필요하다. 물론 부자가 되어도 필요하다. 돈의 가치를 깨닫자. 어디에 쓰는지에 따라 삶의 궤도가 바뀌며 쌓이는 부 또한 달라진다. 부자들이 저축을 중요시하는 이유가 바로 이것이다. 힘들게 벌었다면 더욱 그 돈을 소중히 여겨라. 밑 빠진 독처럼 돈을 쓰면 당신은 결국 가난해진다.

SWING POINT

"당신이 소비하는 것이 당신의 가치를 결정한다. 무모한 소비는 가치 있는 미래를 희생시킨다. 소비행위로 살 수 있는 신분은 가짜 신분이니 소비로 살 수 없는 신분을 갖는 것을 목표로 삼아라."

'소비하지 않는 것이 최고의 소비다.'　　　　　－미네르바

진짜 우정을 오래 지키는 법

자주 만나야 친한 것 같은가? 오래 봐야 친한 친구다. 오래 볼 수 있어야 그때 진짜 친구가 된다. 대부분 사람이 깊은 교류 없이 금방 친해지려고 하고, 친하면 자주 봐야만 한다고 생각한다. 그리 좋지 않은 생각이다. 다른 우리가 자주 볼수록 충돌은 더 생길 확률이 높다. 자주 보면 서로에게 기대심리가 생기기 마련이다. 서운한 감정이 생기고 여러 사건이 발생하면 자연스레 관계는 부식된다.

그렇다고 자주 보지 말라는 이야기가 아니다. 자주 보려고 애쓰지 말라는 말이다. 그리고 자주 못 본다고 해도 절대 서운한 감정을 드러내지 말아야 한다. 잠깐 친해지고 몇 년 뒤에 보지 않는 관계가 진짜 친한 관계라고 생각하는가? 단연코 아니라고 말하고 싶다. 즉, 1년에 몇 번 보지 않더라도 5년, 10년, 20년 보는 관계가 더 깊이가 생긴다. 당신은 친구와 지인 사이에 무조건 서먹함이 없어야 한다고 생각하는가? 절대 아니다. 막대할 수 있는 것이 친한 관계라 생각하면 큰 오산이다. 서로에 대한 존중이 없는 관계는 쉽게 깨지기 마련이다.

친구 관계에서 가장 중요한 것은 서로 간의 존중이다. 존중이 있어야 신뢰가 쌓일 수 있고 관계를 오래 유지할 수 있다. 무슨 일이 생길 때마다 친구를 찾지 말고 힘들 때 서로 의지할 수 있는 관계를 만들어야 한다. 그러기 위해선 무례한 태도를 버리고 상대의 삶을 존중하며 종종 깊은 대화도 나눠야 한다. 이런 과정을 소중히 여기는 사람만이 내 사람을 지키며 건강한 관계를 이어 나갈 수 있다.

나도 한때는 '많은 사람을 알면 무조건 좋다'라고 생각한 시절이 있었다. 주변에 늘 사람이 있는 걸 부러워했지만 지금은 그 반대다. 주변에 사람이 많은 만큼 신경 써야 할 것도 많다. 그리고 지인이 많을수록 깊은 관계는 적을 확률이 높다. 인맥에 대한 욕심을 버리고, 관계에 대한 집착과 나와 맞지 않는 사람을 천천히 걸러 내면 내게 소중한 사람만 남을 것이다. 그들과 매일 붙어있는 것보단 오래 볼 수 있는 방향으로 생각하고 행동하면 자연스레 깊이가 생기고 관계를 안전하게 유지할 수 있다. 물론, 타고난 성격과 직업 특성인 경우는 예외다.

어른들 말 중 그런 말도 있지 않은가? 100명의 친구보단 1~2명의 진정한 친구만 있어도 인생 성공한 것이라고 말이다. 나도 아직 한참 젊은 나이기긴 하지만 조금이나마 이 말이 공감되기 시작했다. 친구라는 존재를 나의 공허함을 채우기 위한 존재가 아닌 서로에게 도움이 될 수 있는 존재 그리고 오래 볼 수 있는 존재라고 생각하면 우리도 '진짜 친구'를 가질 수 있을 것이다.

마지막으로 내가 지금 누군가에게 좋은 친구인지에 대해서도 꼭 생각해 보길 바란다.

SWING POINT

"진정한 우정은 당신의 과거를 알고, 여전히 당신을 믿고 미래를 함께 꿈꾸어 줄 사람이다. 당신에게는 진짜 친구가 있는가? 인스턴트 관계에서 벗어나야 한다. 새로운 사람을 만난다고 소중함을 잊지 말고 늘 내 곁에 있는 친구와 지인을 생각하길 바란다. 그 사람은 항상 당신 옆에 존재하고 있었다."

지치지 않고
꾸준하게 운동하는 법

우리의 뇌는 한 곳에만 몰두하는 것을 좋아하지 않는다. 뇌가 너무 한 곳에만 몰두하면 제 기능을 발휘하지 못해 효율성이 떨어지기 마련이다. 그래서 운동이 중요하다. 몸을 위해서 운동하는 것도 중요하지만 뇌의 효율적인 활용을 위해서라도 운동은 중요하다. 쉽게 얘기하면 우리가 평소 해내야 할 일들을 좀 더 객관적으로 볼 수 있고 보다 생기 있는 에너지가 운동으로부터 생긴다는 거다. 책상 앞에만 앉아 있다고 해서 일이 더 잘되고 공부가 더 잘될 리가 없다. 일단 체력이 좋아야 한다.

뇌과학적으로 우리가 멍을 때릴 때 뇌는 알아서 많은 일 들을 처리한다고 한다. 우리가 평소에 몰두하고 고민했던 일을 뇌를 의도적으로 사용하지 않을 때 또는 다른 것에 집중하고 있을 때 적극적으로 처리한다는 것이다. 다른 것에 집중하기에 운동만큼 좋은 게 없다. 실제로 운동했을 때와 운동하지 않았을 때 뇌의 활성화에 대한 연구도 무수히 많다.

뭐든지 잘 해내는 사람은 체력이 좋은 사람이다. 아무리 좋은 자동차여도 연료가 없으면 멀리 갈 수 있는가? 더 빠른 속도로 갈 수 있는가? 불가능하다. 인간도 똑같다. 공부든 사업이든 체력은 모든 것에 도움이 된다. 그리고 규칙적인 운동만이 당신의 삶에 꾸준한 활력을 불어넣어 줄 것이다.

인간은 감정에 지배되는 동물이다. 우울감에 빠지면 움직이기 싫어지고 일도 하기 싫어진다. 감정 때문에 본인 인생을 망치고 싶지 않다면 오늘부터 당장 조금씩 운동을 해 보자. 만만한 운동량으로 시작해도 된다. 루틴을 유지하기 위해서는 최소한의 체력이 필요하다. 주 3회 운동해본 사람이 주 4회 운동을 할 수 있는 법이다. 10km를 매일 뛰는 사람도 1km부터 시작했다. 만만한 것을 시작으로 얼마나 꾸준히 하는지가 중요하다. 서서히 조금씩 체력을 올리면서 운동량을 늘려나가는 것이 제대로 된 운동 습관 기르는 방법이다. 무리한 계획보다는 남들이 비웃을 정도의 양을 매일 하는 것이 꾸준함을 기르는 데 정말 큰 도움이 될 것이다.

체력을 길러라. 쉽게 피곤해지면 우린 다시 무기력의 늪에 빠져들 것이다. 게으름, 우울, 짜증, 나태, 분노를 제압할 줄 알아야 보다 제대로 된 일상을 보낼 수 있다.

SWING POINT

"성공한 모든 사람들이 입을 모아 말하는 것이 바로 '적절한 운동'이다. 운동은 몸뿐만 아니라 마음을 강화한다. 제일 강한 사람은 시련 속에서도 묵묵히 산책하고 헬스장에 가는 사람이다. 그들이 불행을 버틸 수 있었던 건 몸과 마음이 건강했기 때문이다. 정신력만 돌보지 마라. 건강을 잃으면 모든 게 끝이다."

추진력을 로켓처럼 올리는 법

똑똑한 사람보다 추진력 높은 사람이 더 많은 것을 쟁취할 수 있다. 똑똑한데 추진력까지 높다면 금상첨화다. 결론은 움직여야만 원하는 걸 얻을 수 있다는 얘기다. 백번 생각하는 사람보다 한 번 움직이는 사람이 더 훌륭한 업적을 쌓는다. 대부분 사람이 생각만 하고 움직이지 않기 때문이다. 계속 행동함으로써 쌓이는 본인만의 데이터는 값을 매길 수 없는 엄청난 재산이다.

우리가 몸이 좋아지기 위해서 하루라도 빨리해야 하는 것은 무엇인가? 오늘 당장 운동을 시작하는 것이다. 그 운동법이 무엇이든 간에 일단 시작하는 것이다. 하면서 교정해 나가고 발전시켜 나가는 것이 답이다. 운동법 알아보고 식단 알아보고 헬스장 가격만 알아보다가 시작도 못 하지 않는가? 너무 정확해서 찔리지 않는가? 운동법, 식단, 헬스장 정보 따위는 필요 없고 지금 당장 팔굽혀펴기부터 시작하면 된다. 그러면서 운동 강도를 높이면서 헬스장을 알아봐도 충분하다. 일기를 쓰는 습관을 기르고 싶다면? 일기장을 알아보는 것이 아니라 아무 이면지나 얼른 찾아서 당장 쓰면 된다.

모든 일에 있어서 계획도 중요하지만, 내가 강조하고 싶은 것은 거창한 계획은 필요 없다는 것이다. 일단 원하는 것이 있다면 가장 쉬운 것부터 시작하라. 그러면서 계획을 세우고 실현해 나가도 충분하다. 일단 시작해야 한다. 완벽하게 하고 싶은 마음도 제발 버리자. 100%보단 70, 80%에서 만족해도 괜찮다. 완벽해지고 싶은 마음이 모든 걸 망치는 법이다. 그 누구도 완벽할 수 없다. 정말 큰 그림을 그리고 싶다면 연필부터 잡아야 한다는 사실을 잊지 말기를 바란다. 멋지게 시작하려고도 하지 말아라. 시작은 누구나 초라하고 별 볼 일 없다.

평소 하고 싶은 것이 있다면 하다못해 인터넷 검색이라도 해 보길 바란다. 남들이 어떻게 했는지, 무엇을 해야 하는지 알면 자연스레 용기가 생기기 마련이다. 만만한 시작을 하는 경험이 쌓이기 시작한다면, 시작하는 용기가 생기고 우린 그 추진력으로 계속 나아갈 수 있다. 추진력 있는 사람은 그냥 하는 사람이다. 그러니 당신도 추진력을 기를 수 있다. 변명하지 말고 지금 당장 시작해 보자. 아주 사소한 것이라도 괜찮다. 성공은 나비 효과처럼 작은 날갯짓 하나에 시작된다.

SWING POINT

B ● ● ●
S ● ● ●
O ● ●

"계획이 없는 꿈은 오히려 사람을 더 망가트린다. 매번 환경 탓, 시간 탓만 할 것인가? 방구석에서 혼자 생각만 하는 사람은 행동하는 사람에게 늘 패배한다. 뭐든 말보단 행동이다. 가슴 좀 펴고 당당하게 내 꿈을 믿고 나아가라. 아무도 당신을 막지 않는다."

'어려운 일을 하는 것이 무엇보다도 미래에 대한 최고의 투자이다.'

– Jim Rohn

남들 보다 잘사는 법이 있다

　다들 남들보다 잘살고 싶을 것이다. 근데 아이러니하지 않은가? 모두가 부자가 될 거라며 자신의 포부를 얘기하지만, 실제 주변에 많은 돈을 번 사람이 있는가? 남들보다 잘사는 사람을 쉽게 볼 수 있나? 없다. 이게 현실이다. 그럼 남들보다 잘살기 위해서는 비범한 능력이 있어야 하는 것일까? 남들이 갖지 않고 있는 특별한 능력이 있는 사람들만 갖게 되는 특권인 것일까?

나는 단연코 아니라고 말하고 싶다. 이 책에 이름이 뭔지 기억나는가? 바로 헛스윙이다. 남들보다 잘살고 싶다면 일단 방망이를 많이 휘둘러야 한다. 방망이를 휘두르는 행위는 우리 인생에서 '어떠한 시도'라고 해석할 수 있다.

결국, 잘사는 사람은 남들보다 시도를 많이 했기 때문이고 많은 시도를 통해 리스크를 점점 줄일 수 있는 스킬을 획득해 나간 사람들이다. 남들보다 많이 했고, 뚝심 있게 한 길을 오래 걸었을 확률이 높다.

사람들은 대부분 인생에 묘수를 찾으려 한다. 지름길을 찾고 싶어 하고 어디서든 타인의 비법을 갈구한다. 정말 정신 똑바로 차리고 생각해 보자. 돈을 많이 버는데 비법이 있을까? 야구를 잘하기 위한 비법이 있을까? 좋은 배우자를 만나기 위한 비법이 있을까? 한순간에 매력적인 외모를 갖게 될 수 있을까? 단시간에 많은 사람을 포용할 수 있는 그릇 넓은 사람이 될 수 있을까? 우리가 그런 방법이 있다고 믿고 싶은 것이 아닐까? 그런 방법이 있었다면 왜 빈부격차가 점점 더 벌어지고 있는 걸까? 하늘이 이미 과연 정해 놓은 세상인가?

남들 보다 잘살 수 있는 비법이 한 가지 있다면 나는 '태도'라고 말하고 싶다. 이 세상은 어떤 태도를 갖추고 있느냐에 따라 결과가 천차만별로 갈린다. 어려운 환경에 있어도 잘 되는 사람을 보면 안다.

만약 당신이 그림을 잘 그리고 싶다면 누구를 찾아가겠는가? 당연히 그림을 가르치는 선생님을 찾아가지 않을까? 그런데 왜 인생에서는 그렇게 하지 않는가. 그게 부끄러운가? 내가 남들보다 잘살고 싶다면 남들보다 잘살고 있는 사람을 찾아가서 겸손한 자세로 보고 듣고 느끼며 배워야 하지 않은가? 요즘은 SNS와 같은 소통할 수 있는 채널들이 많아 우리보다 잘사는 사람들의 삶을 들여다볼 수 있고 그들과 연락도 가능한 시대다. 초밥을 잘하고 싶으면 초밥 장인을 찾아가고, 글을 잘 쓰고 싶다면 작가를 찾아가라. 태도만 준비되어 있다면 뭐든 배우고 성장할 수 있다.

나는 이 책에서 계속 배움을 강조하고 있다. 배우고자 하는 태도, 타인의 생각을 받아들일 수 있는 태도, 본인을 부족하다고 인정하는 태도와 새로운 것을 받아들이는 열린 마인드는 잘 사는 인생의 유일한 비법이자 정답이다. 삶의 모든 것에는 명백한 이유가 있다. 그 이유를 알고 거기에 맞는 태도를 갖춘다면 당신도 지금보다 10배는 더 잘살 수 있을 것이라 확신한다. 오늘부터 본인에 대한 근거 없는 높은 평가보다는 내가 어떻게 하면 지금보다 더 높이 올라갈 수 있는지에 대해 생각해 보자. 목표가 뚜렷해졌다면 벤치마킹할 수 있는 사람부터 물색하라. 그렇게 하나씩 나에게 플러스 요인이 되는 걸 모아가는 거다. 그러다 용기가 생기면 가감 없이 시도하라. 헛스윙을 하다 보면 언젠가 안타, 2루타, 만루 홈런까지 칠 때가 올 테다. 그때 당신은 비로소 실패의 과정을 이해하게 될 것이다.

SWING POINT

남들보다 잘사는 사람의 특징 6가지

1. 잘되는 사람은 명확한 목표를 설정하고 그에 따른 계획을 세
   우는 데에 능숙하다.
2. 어려운 상황에 대해 긍정적인 태도를 가지고, 실패를 배움
   의 기회로 여긴다.
3. 시간을 효과적으로 관리하고, 우선순위를 정하여 자신의 일
   과 삶을 균형 있게 유지한다.
4. 자신의 행동에 대한 책임을 지고, 도덕적인 가치를 중시하
   여 타인과의 관계에서 신뢰를 얻는다.
5. 돈을 효과적으로 관리하고 투자하는 능력이 있으며, 재정
   상태를 철저히 관리한다.
6. 계속해서 새로운 지식을 습득하고 자기 계발에 투자하여 더
   나은 사람이 되려는 노력을 기울인다.

열등감을 연료로 삼는 방법

열등감을 느껴본 적 있는가? 열등감은 나를 발전시킬 수 있는 가장 강력한 연료다. 하지만 대부분 사람은 열등감을 회피하려고만 한다. 선택은 자유지만, 열등감을 계속 회피하려고만 한다면 패배의 고리에 평생 허덕이며 살아야 한다.

열등감이란 과연 무엇인가? 다른 사람에 비해 뒤떨어진 느낌을 받는 것이 열등감이다. 나는 열등감이 상당했던 사람이다. 초등학교

4학년 때 부모님은 IMF로 인해 경제 상황에 어려움을 겪으며 이혼을 하셨다. 부모의 관심이 필요했던 나이에 관심을 받지 못했고 학업에 집중하지도 못했다. 그러다 보니 학교에서도 선생님들에게 안 좋은 시선을 받는데 그때부터 나의 열등감은 점점 커져 갔다. 내 안에는 이런 생각들이 있었다.

'우리 부모님이 이혼했다고 나를 무시하는 건가?'
'돈이 없다고 무시하는 건가?'

망각에 빠져 나의 분노는 활활 타올랐다. 솔직히 부모님 탓도 정말 많이 하며 살았다. 이런 상황이 정말 지긋지긋했는지 선생님들에게 무시받지 않으려면 어떻게 하면 좋을지 골똘히 생각했다. 결론은 간단했다. 내가 공부를 잘하면 됐다. 그렇게 중3이 됐다. 성적을 올리기 위해 삭발을 하고 모범생 친구들과 어울려 지냈다. 만날 퍼질러 자던 놈이 매일 맨 앞자리에 앉아 허리 꼿꼿이 세우고 수업을 열심히 들었다. 선생님들의 대우가 달라지기 시작했다.

20대 초반이 되었다. 혈기왕성한 시절이었기에 연애를 많이 했었다. 이때는 또 다른 열등감이 나를 지배했다. '나보다 능력 좋고 돈 많은 오빠를 좋아하지 않을까?'와 같은 어리석은 생각이다. 그때는 이런 열등감을 극복할 생각조차 하지 않았다. 오히려 나보다 잘난 사람들을 깎아 내리고 나도 나중에 크게 될 사람이라며 허풍을 떨기 바빴다. 하지만 시간이 지나면서 깨달았다.

'열등감은 극복하지 않으면 평생 달고 살아야 하는 족쇄구나….'

열등감이 심한 사람일수록 거짓말에 능하다. 열등감을 느끼는 순간을 피하고 자신을 방어하기 위해 거짓말이 밥 먹듯이 나오는 것이다. 이런 행위가 지속되면 거짓말에 대한 수위가 점점 높아지며, 허상 속에서 살게 될 수도 있다. 생각보다 우리 주위에 이런 사람들이 제법 많다.

열등감이라는 것이 꼭 돈에 귀결되는 건 아니다. 본인의 힘으로 발전해본 경험이 있는지 없는지에 따라 이 감정은 얼마든지 극복할 수 있는 감정이다. 그리고 열등감을 느낄 때는 내가 발전해야 할 때가 왔다는 순간이라는 것을 꼭 기억하자. 거짓말을 해야 할 때가 아니다. 부족함을 인정하고 본인에게 솔직해져야 할 때다.

본인이 열등감을 느끼는 순간이 어떤 순간인지 명확하게 파악해야 한다. 그래야 피할 수 있고, 미리 대비할 수 있다. 너무 자책하지 않아도 된다. 이 감정을 연료로 삼는 사람이 되면 당신은 전보다 빠르게 발전할 수 사람이 될 수 있다. 무엇보다 정면승부 했을 때 극복할 기회가 생긴다는 걸 다시 한번 강조하고 싶다. 열등감이란 노인이 되어도, 부자가 되어도 느낄 수 있는 감정이다. 그러니 부정적인 생각을 버리고 직시하자. 내가 앞으로 치고 나갈 수 있는 최적의 연료다.

SWING POINT

B ●●●
S ●●
O ●●

"열등감은 삶에 악영향을 끼치기도 하지만 관점을 바꾸면 가장 나쁜 자리를 가장 좋은 자로 만들어 주는 요소다. 피하지 못하는 감정이라면 차라리 역이용해라. 뭐든 내가 생각하기 나름이다."

긍정 마인드를 갖는 데
필요한 2가지

태어났을 때부터 긍정 마인드를 장착하고 태어난 사람이 있을까? 유전과 자라난 환경을 생각하면 있을 수도 있다. 하지만 긍정 마인드를 장착하고 있다고 한들 시간이 지나며 부정적으로 변할 가능성도 있지 않은가? 즉, 긍정적인 마인드는 하늘의 계시에 따라 주어지는 것이 아니라 후천적인 훈련에 따라 누구나 가질 수 있는 요소다. 20대 초반까지만 해도 부자들을 시샘하면서 부정적이고 비관적인 시선을 갖고 살았다. 그리고 매일 부정적인 생각과 불안함으로 내 미래를 내다보곤 했다. 아무것도 보이지 않았다. 그래서 무기력했고 우울했다. 그러나 지금은 긍정과 확신으로 가득 찬 하루하루를 보내고 있다. 지금부터 누구나 할 수 있는 2가지 긍정법을 알려주겠다.

첫 번째 방법은 어두운 것들을 최대한 피하는 것이다. 뉴스에서 나오는 사건·사고, 주변에서 들리는 안 좋은 소식, 부정적인 사람, 편 가르는 사람, SNS 속 껍데기 인생 등 어두운 것이라고 조금이라도 느껴지면 되도록 피하고 긍정적인 것을 자꾸 바라보는 습관을 들여야 한다. 본인 생활 습관을 살펴보면 아마 곳곳에 부정적인 것들이 뿌리를 내리고 있을 것이다. 우리는 환경에 영향을 받기 때문에 나를 더 희망차게 만들어 주는 환경을 조성해야 한다. 예를 들면 깨달음을 얻을 수 있는 글, 감동적인 영상, 배우고 싶은 것에 대한 정보, 성공한 사람의 조언 등이 있다. 현재의 환경을 탓하지 말고 환경을 바꾸자. 좋은 환경 안에서 좋은 생각이 나오고 그 과정에서 좋은 결과가 나오기 마련이다.

두 번째 방법은 긍정적인 말을 자주 쓰는 것이다. "나는 긍정적인 사람이야", "이번엔 할 수 있을 것 같아", "그럴 수도 있지" 등 의도적으로 긍정적인 말을 쓰는 거다. 우리가 쓰는 어휘는 무의식을 반영한다. 그리고 우리가 쓰는 어휘는 뇌에 영향을 미친다. 매일 짜증을 일삼는 사람에게 좋은 일이 생겨날까? 악은 악을 부르고 긍정은 긍정을 부른다. 행복해서 웃는 것이 아니라 웃어서 행복하다는 말도 있지 않나? 모든 기회는 준비된 자에게만 주어지듯 긍정이라는 것도 마음의 준비가 된 사람에게만 주어진다는 것을 알았으면 좋겠다.

가장 중요한 점은 의도적으로 행동해야 한다는 거다. 2가지 방법을 알았다고 해서 부정적인 사람이 한순간에 긍정적인 사람으로 변할 리 없다. 적어도 3개월 이상은 훈련해야 한다. 이 두 가지 방법을 본인의 다이어리 또는 핸드폰 배경화면에 저장해 놓고 매일 아침과 저녁에 한 번씩 되새기길 바란다. 다른 확언도 좋다. 일상 곳곳에 긍정을 심어놓으면 긍정적인 사람일 뿐만 아니라 인생 자체가 우상향으로 바뀔 것이다.

SWING POINT

"나 혼자 독특한 사연이 있다고 착각하지 마라. 내가 자라온 환경이 세상 최악이었다고 생각하지 마라. 누구나 사연이 있고 아픔이 있다. 중요한 건 극복했는지 못 했는지, 주저앉았는지 일어섰는지의 문제다. 부정의 끝은 죽음이거나 혼자이다. 긍정의 끝은 성공이거나 함께이거나이다. 선택은 당신 몫이다."

울고 싶을 때 어떻게 해야 할까?

　내가 항상 강조하는 것은 인간은 감정에 의해 움직이는 동물이라는 거다. 모든 행동에는 이유가 있지만 가장 큰 이유는 감정이다. 즉, 좋은 행동은 좋은 감정으로부터 나온다는 것이다. 그러므로 우리는 감정 조절을 매우 중요하게 여겨야만 한다. 스스로 제어하지 못할 때 실수를 하기 가장 쉽다.

　우리도 인간이기에 울고 싶을 때가 있다. 가끔은 얘기를 하는 도

중 나도 모르게 눈물이 쏟아지곤 한다. 2022년, 회사의 성장을 위해 사력을 다하는데, 결과가 좋지 않아 재정적으로 어려움을 겪을 때, 열악한 상황 속에서도 나를 믿고 따라주는 사람들의 얼굴이 생각날 때마다 눈물을 참을 수 없었다. 매일 울지는 않았다. 딱 한 사람만 정해 놓고 울었고, 그 사람 앞에서만 감정을 토해 냈다. 여러 사람 앞에서 눈물을 보일 수도 있었지만 그게 잦으면 점점 나약하게 돼 스스로 제어했다.

나는 항상 분출구가 있어야 한다고 생각하는 사람이다. 사람의 감정에도 총량이 있다. 그런데 이 총량을 무시하고 계속 방치하다 보면, 반드시 탈이 나게 되어 있다. 탈이 나지 않기 위해서는 올바르게 분출할 수 있어야 한다. 올바르게 분출해야만 감정을 컨트롤할 수 있고, 컨트롤함으로써 좋은 감정을 계속 유지할 수 있다. 그러니 열심히 사는 당신. 울고 싶을 때는 실컷 울어라. 너무 힘들 때는 시원하게 울어야 마음이 비워진다. 모든 걸 참으면서 살다간 자칫 우울함에 빠질 수 있으니 항상 내 감정을 직시하고 표현하길 바란다.

SWING POINT

B ●●●
S ●●●
O ●●

"감정을 쌓아두면 독이 된다. 그것은 아주 은은하게 당신의 삶을 망가트릴 것이다. 인간은 위로가 반드시 필요한 존재다. 그러니 가장 원초적이고 물리적인 방법으로 위로를 주고받길 바란다. 슬프면 울어도 된다. 운다고 뭐라고 하는 사람은 없다."

도파민 중독에서
벗어나는 방법

　도파민이라는 단어가 요즘처럼 대중적으로 사용된 건 그리 오래 되지 않았다. 숏츠라는 짧고 재미있는 콘텐츠들이 흥행하면서 도파 민이라는 단어가 보편적으로 쓰이기 시작했고, 더불어 도파민 중독 이라는 키워드도 대중들이 관심 가지게 되었다.

　도파민은 사람의 기분을 좋게 하며, 한 번 느낀 쾌락은 지속하지 않는다. 그래서 더 큰 자극을 갈구하게 되는데 이 순환이 반복되는 걸 도파민 중독이라 한다. 적절한 도파민은 우리 인생에 모든 효율을 증가시켜 주지만, 과다한 경우에는 엄청난 피해를 준다. 의욕을 잃고, 집중력이 떨어지며, 쾌락만 좇아 인생에 갈피를 잡지 못하는 일이 생기게 된다. 안타깝게도 시험을 준비하는 학생 또는 업무에 집중해야 하는 직장인 등등 많은 사람이 집중해야 할 곳에 집중하지 못하고 종일 핸드폰만 부여잡고 숏츠를 넘기고 있다.

그렇다면 도파민 중독은 어떻게 벗어날 수 있을까? 정말 간단하다. 규칙적인 생활을 하면 된다. 규칙적인 생활하는 사람이라면 도파민에 중독될 리 없고, 중독이 됐다고 한들 금방 벗어날 수 있다. 규칙적인 생활은 작지만 꾸준한 성취감을 주고 그로 인해 도파민이 평소에도 원활하게 분비된다. 숏츠는 나머지 자투리 시간에 즐기는 거다. 규칙적인 생활이 있기에 숏츠에 지배되지 않는다는 말이 아니다. 본인의 규칙적인 생활이 위에 있고 그 밑에 숏츠이라는 취미 생활이 있다고 생각하면 된다.

지금 도파민 중독에 빠져있다면 규칙적인 생활 계획표를 짜보는 것을 추천한다. 하기 싫겠지만 적절한 인내와 고통이 주어졌을 때 건강한 도파민을 느낄 수 있기에 이는 반드시 필요한 장치다. 추천하는 것은 10~15분의 운동이다. 대단한 운동이 아니라 집 앞을 잠깐 산책하는 것도 포함이다. 너무 타이트한 계획표가 아니어도 된다. 본인이 100% 지킬 수 있는 계획표를 짜고 실행하는 것이 중요하다. 그러면서 차츰 규율을 늘려나가는 것을 추천한다.

빠른 쾌락을 추구하다 보면 소중한 시간을 허비할 뿐 아니라 뭐든 빠르게 성취하려는 습관을 지닐 수 있으니 하루빨리 도파민 중독에서 벗어나길 바란다. 숏츠가 없을 때를 생각해 보면 우리에겐 늘 여유로운 시간이 있었다.

SWING POINT

계속 재밌는 거 찾는 사람 중 성공한 사람 못 봤다.

아래 항목 중 몇 개나 해당되는지 테스트해 보자.

◎ 스마트폰이 없으면 손이 떨리고 불안하다.

◎ 스마트폰을 잃어버리면 친구를 잃은 느낌이다.

◎ 하루에 스마트폰을 2시간 이상 쓴다.

◎ 스마트폰에 설치된 앱이 30개 이상이고, 대부분 사용한다.

◎ 화장실에 스마트폰을 들고 간다.

◎ 스마트폰 키패드가 쿼티 키패드다.

◎ 스마트폰 타이핑 속도가 남들보다 빠르다.

◎ 밥을 먹으면서 스마트폰 소리가 들리면 즉시 달려간다.

◎ 스마트폰을 보물 1호라고 여긴다.

◎ 스마트폰으로 쇼핑을 한 적이 2회 이상 있다.

중독: 8개 이상

의심: 5~7개

위험군: 3~4개

출처: 한국과학기술개발원

불안함에서 벗어나기 위해서 해야 할 일

평소에 불안함을 많이 느끼는가? 불안함을 느끼는 가장 큰 이유는 너무 많은 생각에 잠겨서다. 반대로 말하면 생각만 하기 때문이다. 불안하면 즉시 움직여야 한다. 목적 없이 나가서 걷는 행위라도 말이다. 여기서 중요한 점은 불안할 때 주변 사람 찾지 말아야 한다는 거다. 의지하는 습관은 자기 주도성을 상실시키고 남에게 피해를 끼칠 수도 있다. 상대방이 정말 마음이 넓은 게 아니라면 시간이 누적될수록 당신을 피하게 될 것이다. 그럼 상처받게 될 테고 어디 의지할 때도 없으니 불안은 더욱 고조될 것이다.

　방 안에 있을 때 불안하다고 가정하자. 그럼 즉시 청소를 시작하기 바란다. 자려고 누웠는데 불안한 마음이 든다면 잠을 덜 자더라도 일어나서 책을 읽어야 한다. 생각만 많은 사람은 굉장히 위험한 사람이다. 생각이 많으면 행동도 많아야 한다. 생각의 양과 행동의 양이 비례하면 불안함은 말끔히 사라진다. 불안이라는 고통에 빠져 사는 사람들의 공통점은 과도한 생각으로 본인 스스로 고통 속에 빠지게 한다. 아무 행동도 하지 않으면서 말이다. 이렇게 방법을 알려 줘도 대부분 사람은 평생 불안 속에 살 것이다. 인간은 생각 이상으로 수동적인 동물이다. 꼭 누가 시키는 사람이 있어야 생산성이 올라간다. 글을 쓰거나, 산책하거나 요리를 하는 것도 좋다. 불안하면 당장 움직이길 바란다. 평생 불안 속에 사는 건 피해야 하지 않겠는가? 안정은 생각이 아니라 행동에서 온다.

SWING POINT

B S O ●●● ●● ●●

"해 봐도 모르는 것투성인데 아무것도 하지 않고서 어떻게 알 수 있겠는가. 실패할까 두려워 망설이는 삶을 살게 되면 더는 용기를 낼 수 없을지도 모른다. 만약, 불행해지는 순간이 온다면 '이것도 지나갈 것이다'라고 말한 뒤 내가 할 수 있는 작은 일부터 차근차근해 나아가라. 그렇게 하루를 살아내면 당신은 어제보다 더 강해져 있을 것이다."

지혜롭게 돈을 쓰는 방법

　　20대에는 하고 싶은 것이 정말 많을 것이다. 나도 그랬고 정말 많은 것에 돈을 썼다. 해외여행을 다니기도 했고, 명품에 과소비도 하고, 여자친구에게 돈도 많이 썼고, 수입차, 좋은 집에도 아낌없이 돈을 썼다. 후회하는 것은 없다. 다만 내 경험을 통해서 여러분은 돈과 소중한 시간을 아낄 수 있다고 확신한다. 똥인지 된장인지 꼭 먹어 보고 맛을 아는 것도 좋지만 똥은 굳이 찍어 먹지 않아도 충분하다. 물론, 본인이 똥인지 된장인지 꼭 찍어 먹어봐야 하는 성격이고 미래에 올 후폭풍에 대해 감당할 자신이 있다면 내 말은 듣지 않아도 좋다. 다만, 모든 소비에는 대가가 따르는 것만 꼭 알았으면 좋겠다.

다시 본론으로 돌아오자. 20대에 현명하게 돈을 쓰는 첫 번째 방법은 배우는 것에 돈을 아끼지 않는 것이다. 요즘 '강의 팔이'라는 말이 자주 쓰며 강의를 통해 수익을 창출하는 사람들에게 비관적인 시선이 많이 있기는 하지만 그들을 욕하는 사람 중 무언갈 배우고 있는 사람은 드물다고 생각한다. 우리가 주목해야 할 것은 돈과 시간을 들여서 배우고자 하는 마음이다. 강의든 세미나든 관심 있는 분야 또는 닮고 싶은 사람이 있다면 그 사람의 시간을 사는 행위 등 적극적으로 돈과 시간을 투자하라고 강조하고 싶다. 10~20대 때 나보다 더 나은 사람에게 배우는 태도, 궁금한 분야에 탐구하는 태도, 새로운 것을 받아들이는 태도는 정말 중요하다. 이 태도를 조금이라도 더 어린 나이에 장착하게 된다면 그 사람의 잠재력은 무한히 향상될 것이다.

두 번째는 취미를 꼭 가지기를 바란다. 그 취미는 운동이 될 수 있고, 수집, 전시, 음악 등 본인이 좋아하고 심도 있게 할 수 있는 것을 뜻한다. 당연히 건전한 것이어야 하고 합법적이어야 한다. 한 가지의 취미를 꾸준히 즐기며 탐구하는 것은 그 사람의 무기(장기)가 될 수 있고 일상에 자신감과 활력을 불어 넣어줄 수 있다. 여기서 강조하고 싶은 것은, 그냥 취미가 아닌 심도 있게 할 수 있는 취미다. 수년에서 길게는 수십 년 동안 즐길 수 있는 취미는 다른 곳에 돈이 새는 것을 자연스레 막아 준다. 그렇게 해본 사람은 일과 일상 사이에서 중심을 잡을 줄 안다. 취미는 지지부진한 일상에 리프레쉬를 선사하기 때문에 자존감에도 지대한 영향을 준다. 인간은 몰입할 때 행복을 느낀다. 취미를 통해 몰입의 순간을 만들면 삶을 보다 윤택하게 만들 수 있을 것이다.

마지막 세 번째는 1년에 백만 원 모으기다. 우스운가? 생각 이상으로 저축하지 않는 사람들이 정말 많다. 돈을 모아본 적 없는 사람은 나이를 먹어서도 모으지 못한다. 1년에 백만 원 모으는 게 쉬워 보이는가? 일단 해보고 나서 얘기하길 바란다. 저축은 습관이다. 100만 원 모아본 사람이 1,000만 원, 1억을 모은다. 1년에 100만 원 모으는 것에 성공했다면 서서히 금액을 올려 나가면 된다. 적은 금액을 소중히 여기는 사람이 큰돈도 소중히 여길 줄 아는 법이다. 꼭 실천하기를 바란다. 나도 20대 초반에 이런 사실을 누군가 알려 줬다면 지금의 훨씬 더 멋진 사람이 되었을 것이라 확신한다.

SWING POINT

"내가 열심히 일해서 번 돈을 지혜롭게 사용하는 것은 굉장히 중요한 일이다. 밑 빠진 독에 물이 새듯 무의미하게 빠져나가는 소비를 지금 당장 멈춰라. 삶에 도움이 되는 소비를 해야 한다. 여분의 돈은 착실히 모아라. 통장 잔고는 당신의 자존감이 될 것이고, 언제 어떤 일이 생길지 모르니 비상시 사용할 여분의 돈이 항상 필요하다."

미래에 대한 확신 얻는 방법

상상력을 키워야 한다. 상상력은 힘이다. 상상하는 이미지가 명확해질수록 우리는 행동하게 되어 있다. 내가 항상 자주 하는 말이 있다.

"인간도 사용 설명서가 있어야 한다."

인간은 상상력을 통해 감정을 불러일으키고 그 감정을 느끼고 싶어 자연스레 움직인다. 누가 더 구체적으로 상상하는지에 따라 행동이 달라지게 되어 있다. 미래에 대한 확신과 자신감을 얻고 싶은가? 그렇다면 미래에 대해 구체적으로 상상해야 한다. 처음에는 힘들 수 있다. 하지만 상상력도 힘이기에 하면 할수록 더 구체화할 수 있다.

요즘은 성공한 사람들의 삶을 볼 기회가 정말 많지 않은가? 그 밖으로 좋은 집, 좋은 차, 돈 버는 방법 등 정보들이 넘쳐 나는 세상이다. 간접적으로만 보는 게 아니라 내 미래의 삶과 연결해 상상해야 한다. 우리가 운전면허를 왜 따는지 아는가? 남들이 따서 따라 하는 게 아니라 운전대를 잡고 도로를 달리는 상상을 해 봤기 때문이다. 좋은 몸을 가진 사람을 보면 나도 좋은 몸이 되는 걸 상상하게 되니 자연스레 헬스장으로 가게 되는 것이다. 상상의 힘은 당신이 생각하는 그 이상으로 강력하다. 상상해 본 사람들이 인생에 성과와 성취가 훨씬 더 좋다. 오늘부터 미래의 청사진을 그리는 힘을 길러 보길 바란다. 목표가 있어야 움직이고, 멋진 그림을 되뇌어야만 에너지가 생긴다.

SWING POINT

B ●●●
S ●●
O ●●

"상상의 사전적 의미는 실제로 경험하지 않은 현실이나 사물에 대하여 마음속으로 그려 보는 것이다. 나폴레온 힐은 인간은 자신이 상상하는 모든 것을 창조할 수 있다고 했다. 상상하는 사람이 더 높이 멀리 간다. 염세적으로 현실만 바라보지 말자."

자존감과 품격을 지키는 법

　나를 먼저 사랑해야 남도 사랑할 수 있다. 나는 이 말이 진리라고 생각하는 사람이다. 그리고 모든 사람이 이 가치관을 갖고 살았으면 좋겠다. 나를 사랑하지 않는데 어떻게 남을 사랑할 수 있을까? 그것만큼 미련한 행동이 없는 것 같다. 나를 먼저 지키는 방법을 알아야 남도 지킬 수 있는 법이다. 하지만 본인의 부족한 자존감을 남에게서 채우려 하는 사람들이 정말 많다. 상대방이 있든 없든 자존감이라는 것은 자력으로 만들 수 있어야 흔들림 없이 꾸준히 유지할 수 있다.

상대방을 사랑할 때 당신은 어떻게 행동하는가? 약속을 잘 지키고, 다정하게 대해 주고, 맛있는 음식 사주는 등 정성을 다하지 않는가? 그전에 본인에게 먼저 정성을 쏟으라고 말하고 싶다. 본인과의 약속을 지키고, 내면과의 대화를 통해 감정을 이해하고, 열심히 살아온 나에게 맛있는 음식을 보상을 줘야 한다. 자존감이 늘 높을 수만은 없다. 상황과 환경에 따라 높고 낮음이 반복될 수 있다. 하지만 본인을 사랑하는 훈련을 지속했던 사람은 떨어진 자존감도 금방 회복하는 방법을 안다.

품격이라는 것도 똑같다. 당신이 사랑하는 사람을 떠올려보자. 구차하게 만들고 싶은가? 결혼하기로 약속했다. 그 사람을 불행하게 만들 것인가? 무슨 수를 써서라도 최소한의 행복과 최소한의 품격은 지켜줘야 하지 않겠는가? 다만 그 전에 본인을 먼저 사랑하고, 본인을 지키는 힘을 길러야 한다. 그런 사람만이 상대방의 품격을 지키며 사랑할 수 있다.

나도 과거에는 자존감이 정말 낮고 품격이라고는 찾아볼 수 없는 사람이었다. 항상 부족한 자존감을 늘 상대방에게서 채우려 하다 보니, 상대방을 소유하고 싶은 마음만 강해져 스스로 망가지는 느낌이 들었다. 점점 내려가는 인생을 어떻게 하면 드높일 수 있는지를 고민

하고 실행한 결과 내 삶에 충실하고 본인을 사랑하는 사람만이 나를 지키고 남도 지킬 수 있다는 사실을 깨달았다. 나를 사랑하는 연습, 그것은 어렵지 않다. 속에 있는 '진짜 감정'을 알아주고, 수고했다는 말 한마디면 충분하다. 삶을 충실하게 살아가고 있는 나를 다독여주자. 품격은 거기서부터 시작된다.

마지막으로 남을 위한 희생은 내가 온전했을 때만 가능한 일이라는 것을 기억하자. 건강한 사랑과 품격은 자기애를 아는 사람에게서 나온다. 나답게 살아라.

SWING POINT

"단단한 자존감과 품격을 세우기 위한 첫걸음은 분명하다.

'타인의 눈치를 보지 않고 나답게 살아가는 것'

더도 말고 덜도 말고 딱, 이것만 지켜라."

삶에 더 이상
가슴 뛰지 않는다면

가슴 뛰는 일을 찾는 중인가? 처음에는 가슴 뛰었지만, 이제는 일에 대한 흥미를 잃었는가? 좋아하는 일 또는 재밌는 일을 해야 한다고 주변 사람들이 말하는가? 그런 당신에게 정신 좀 차리라고 말하고 싶다. 물론 당신이 성취와 출세에 관심이 없다면 괜찮지만, 그렇지 않으면 내 말을 듣는 게 좋을 거다.

나는 떡볶이를 10년간 파는 중이다. 우선 떡볶이를 먹는 것을 꾑

장히 좋아한다. 하지만 떡볶이 파는 일을 좋아한 적은 없다. 운동선수, 사업가, 전문직, 공직자 등 위대한 업적을 이룬 사람 중 매번 가슴이 뛰고 그것이 재밌어서 오래 유지한 사람이 있을까? 있을 수 있으나 지극히 드물다고 생각한다. 즉, 대부분 사람이 권태와 위기를 극복하며 위대한 결실을 얻는다.

처음에는 흥미를 느꼈지만 모든 일에는 깊이가 생길수록 책임과 위험 부담이 따른다. 그런 상황 속에 권태와 위기들이 생기고 이런 과정을 잘 이겨 내고 극복하는 사람들이 성취와 업적을 이루게 된다. 이 과정에 있어 지속해서 나아갈 힘이 없다면 중도에 포기하게 되는 것이고 그 사람의 성장은 거기서 멈추게 된다.

'좋아하는 일과 잘하는 일 중 무엇을 선택해야 하나요?'라는 질문 많이 들어 보지 않았는가? 나는 본인이 오래 할 수 있는 일을 선택해야 한다고 생각한다. 모든 일에는 꾸준함이 없다면 결과도 없기 때문이다. 내가 안다기보다는 세상의 이치라는 것을 알았을 뿐이다.

가슴 뛰는 일을 찾는 것은 정말 훌륭한 일이다. 하지만 그 일이 더는 가슴 뛰지 않는다고 쉽게 눈을 다른 쪽으로 돌리지 마라. 성공하는 인생 또는 성공에 가까운 인생을 살고 싶다면 결국 한 길을 파는 게 제일 확률이 높다. 또 당신이 안다고 하는 게 실제로는 30%밖에 안 될 확률이 있으니 지루해하는 영역을 조금 더 파고 들어가도 좋다. 그간 알지 못했던 것들을 발견하면 식었던 마음이 다시 뛰기 시작할 것이다.

SWING POINT

"설레는 마음은 늘 유통 기한이 있다. 그건 당신뿐만 아니라 어느 누구에게나 마찬가지다. 탤런트 노홍철은 이런 말을 했다.

'남들은 내가 하는 것마다 잘 되는 줄 알아. 근데 아니거든. 될 때까지 한 거야.'

그러니 설레는 마음이 사라졌다고 포기하지 마라. 될 때까지 하면 된다."

인생이 외롭고 고독할 때가 있다

'외로움과 고독'

이 단어들을 봤을 때 어떤 느낌이 드는가? 아마 부정적이고 마주하기 싫은 감정일 테다. 그래서 우리는 외로움과 고독함을 느낄 때 불행하다고 느낀다. 중요한 사실은 외로움과 고독한 감정을 느낄 때 어떻게 극복하느냐에 따라 인생이 달라진다는 거다.

세상 사람 중 외로움과 고독함을 평생 느끼지 않는 사람은 없다.

대부분 사람이 빈번하게 느끼는 감정이다. 이럴 때마다 극복하는 방법을 본인의 힘이 아닌 외부적인 것 또는 쾌락적인 것에 의존한다면 우리는 그런 감정을 느낄 때마다 삶이 흐트러지는 경험을 하게 된다. 외로움에 잡아먹히게 되면 인간은 망가진다. 힘들겠지만 똑바로 마주하고 정면 승부를 해야 한다. 외로움을 견뎌 보고 고독함을 느껴 보고, 혼자만의 시간을 가지면서 본인의 감정을 컨트롤하는 법을 스스로 깨우쳐야 한다. 이 방법을 깨달은 사람과 깨닫지 못한 사람의 차이는 정말 크다고 본다.

외로움과 고독함을 느낄 때 본인만 그럴 것 같은 피해망상은 버려야 한다. 인간은 원래 혼자 있을 때 약해지고 함께 있으면 강해지는 존재다. 모든 사람이 혼자 있을 때도 씩씩하게 잘 있을 거라는 생각은 망상이다. 내가 여기서 강조하고 싶은 것은 혼자만의 외로움과 고독함과 싸워 성숙이라는 열매를 맛보라는 것이다. 그 순간을 못 이겨 내서 허우적대며 세상에서 본인이 가장 불쌍한 사람이라 생각하지 마라. 외로움과 고독이라는 단어는 부정적인 단어가 아니라 인간을 성숙으로 진화시켜줄 수 있는 감정이다. 앞으로는 나의 외로움을 소화할 수 있는 주관적인 방법을 연구해보며 고독에 취해 실수를 범하지 않길 바란다. 인생의 숙제처럼 여기고 몇 달이 걸리든, 몇 년이 걸리든 꼭 이겨 내는 방법을 터득하자.

SWING POINT

B ●●●
S ●●
O ●●

"혼자일 때 빛을 낼 줄 알아야 누군가 함께할 때도 행복할 수 있다. 외로움과 고독에 치여 암울한 삶을 살지 말고 그 순간을 나를 돌아보는 시간으로, 나를 발전 시킬 수 있는 시간으로 승화해 보길 바란다. 때로는 외로움이 가장 좋은 치료법일 수도 있다."

자아실현을 위한
헛스윙이 필요하다

마지막까지 읽은 당신에게 진심으로 감사한 마음을 전하고 싶다. 그리고 깊은 박수를 보낸다. 실제 책을 구매한 사람 중 완독하는 사람의 비율은 10%라고 한다. 10명 중 1명이라는 것이다. 당신은 이미 10% 안에 들었다.

이 책은 10%의 사람들을 위한 책 또는 상위 10% 이내에 들고 싶은 사람들을 위한 책이다. 삶에 주인이 되고 싶은 사람들에게, 보다 인생을 멋지게 살고 싶은 사람들에게, 성공적인 인생을 살고 싶은 사람들에게 큰 도움이 될 것이다.

매슬로우 욕구 5단계 이론을 아는가? 1단계 생리적 욕구, 2단계 안전의 욕구, 3단계 사랑과 소속의 욕구, 4단계 존중의 욕구, 가장 최상위 단계인 5단계는 '자기실현의 욕구'이다. 이는 인간의 가장 높은 수준의 욕구로 고차원적이며 아름답고, 진실한 것을 찾고자 하는 마음이다. 당신은 그런 사람이고 이제 더 나아갈 길만 남아 있음에 축하의 박수를 보낸다.

이 책은 건강한 자아실현에 도움을 줄 수 있는 책이다. 따라가기에는 너무 멀리 있는 사람이 얘기하는 것이 아닌, 조금만 노력하면 따라잡을 수 있는 사람인 내가 직접 느끼고 실행한 것들, 그리고 일찍 깨달았으면 좋았을 것을 모두 축약해 놓았기 때문이다.

인생을 만만하게 봤던 청년의 깨달음, 떡볶이를 10년간 팔면서 느꼈던 인사이트, 수백 명의 사람을 만나면서 배웠던 것들, 수십 번의 시행착오 끝에 찾아낸 올바른 길. 외로움, 고독함과 싸운 끝에 깨달은 인생의 진리 등. 결국, 내가 하고 싶은 말은 시도하는 사람이 이긴다는 말이다.

이 책의 이름이 무엇인지 기억하는가? '헛스윙'이다. 홈런을 가장 많이 친 타자들이 가장 많이 한 것은? 헛스윙이다. 당신도 인생에 안타 또는 홈런을 많이 치고 싶다면 헛스윙을 두려워하지 말고, 그 누구보다 많이 휘두르기를 바란다. 지치면 지고 미치면 이기는 것이 인생이라는 게임이다. 그대의 만루 홈런을 기원하며 책을 마무리한다.

수십 년 후에도 회자되는 책이 되기를 바라며.

떡새로이(이희천) 올림

헝그리워
지치면 지고 미치면 이긴다

초판 발행 | 2024년 2월 8일

글 | 이희천
표지 | 김지혜

펴낸곳 | Deep&Wide
발행인 | 신하영 이현중
도서기획 | 신하영 이현중
편집 | 신하영 이현중 윤석표
마케팅 | 신하영 이현중 윤석표
주소 | 서울특별시 마포구 성미산로1길 21 사울빌딩 302호
이메일 | deepwidethink@naver.com
ISBN | 979-11-91369-53-3

저희는 책에 관한 아이디어나 조언 그리고 원고 투고를 언제나 기다리고 있습니다.
deepwidethink@naver.com으로 당신의 아이디어를 보내주시고 출간의 꿈을 이루어 보시길 바랍니다.

당신도 멋진 작가가 될 수 있습니다.